目次

地味な剣聖はそれでも最強です

5

明石六郎

第一章
家族の旅路

大人

祭我たちがテンペラの里に赴いて、まだ戻ってきていなかった時のことである。

王都近くにあるお嬢様のお屋敷前で、トオンとお嬢様はお茶を楽しまれていた。

もちろん護衛である俺とブロワ、レインも一緒である。

「ねえトオン、弟子入りして剣の腕は上達したのかしら？　もっとサンスイに修行をつけさせたほうがいい？」

「おやおや、てっきり私との時間を長く欲しがっているのかと」

「あらあら、そんなに寂しがりやな女だと思っているの？　さすがに心外だわ」

「これは失礼、少し図に乗りすぎていたようだ」

今更だが、トオンはこの上ないイケメンである。

身も心も非の打ち所がなく、王位継承権はないものの一国の王子だった。

そんなトオンに、お嬢様が夢中になるのも当然である。

むしろトオンにまで文句を言い出したら、いよいよ誰とも結婚できないだろう。

「いや……私自身、貴女との時間を長く欲しがっているのかもしれませんね」

「それじゃあ私が意地悪をしているみたいね」

「いえいえ、女性の掌で転がされるのも、男子の本懐というものですよ」

俺もブロワも、もちろんレインも、ここまで上機嫌なお嬢様をそう見ることはなかった。

一時機嫌がいいことはあっても、すぐに飽きて退屈をしてしまうのがお嬢様である。

そのお嬢様が、トオンの前ではずっと上機嫌。はっきり言って、トオンは本当にすごい男だった。

「その掌が、こうも美しければなおのことに」

「女性の手をずいぶんと簡単に取るのね、そうやって故郷の女性も口説いていたのかしら」

「いえいえ、貴女だけですよ。こんなことを言うのはね」

「どうだか……とても上手じゃないの、私の手を取るしぐさは。これで初心《うぶ》を気取られてもねえ？」

「おやおや、では私が触ることを嫌がらない貴女は、触られることに慣れていらっしゃるのですか？」

「あらあら、揚げ足を取られてしまったわ。手を取るだけじゃなくて、足にも触るの？」

「貴女さえよろしければ」

お嬢様の掌を、トオンが触っている。

一切やましいことなど起きていないのだが、とんでもなく色気のある二人だった。

なんといっていいのかわからないが、大人の空間だった。

もしやお嬢様は、俺達にこういう受け答えを期待していたのだろうか。だとすれば、さすがに荷が勝ちすぎる。というか、完全に専門外である。

「貴方の手は、サンスイと同じで硬く厚いのねえ……」

「お嫌いですか、戦士の手は」

「自分でなりたいとは思わないけれど、これぐらいじゃないと男として認められないわ」

「掌だけでよいのですか？」

「女性にそこから先を言わせたいの？　意気地がない男は嫌いよ」

「貴女に嫌われるのは、恐ろしいですね。どうすればよろしいですか？」

「言わなければわからない、聞けば教えてもらえると思っている……どうかと思うわ」

「これは参った」

トオンのすごいところは、お嬢様と話をしていても、一切辛そうでも苦しそうでもないということである。

困らせて楽しんでいるお嬢様に対して、困らされつつも楽しそうにしているのだ。

なにをどうすれば、彼のような人間が出来上がるのかさっぱりわからない。

もっとわからないのは、そんな色男がお嬢様とくっつくまで、他の女性と特別な関係にならなかったことだ。

こんな美男子を引き当てるお嬢様の強運は、仙人である俺をして計り知れないものがある。

特に探しているわけでもないのに、欲しいものが転がり込んでくる。もしやお嬢様こそが、この世界の中心なのかもしれない。

「貴女にはかないませんね」

「うふふ……」

芝居のようで芝居ではなく、茶番のようで茶番ではない。観客がおらず、互いにじゃれているのだ。

これを獣に例えれば、甘噛みし合っているようなものである。つまり、トオンがお嬢様に降参するまでが、この会話の区切りなのであった。

「大人だ……」

それを尊敬のまなざしで見つめるレイン。

難しくて何が何だかわからない、ということはなく、この二人の雰囲気を読み取ったらしい。本当に賢い子である。

「大人だ……」

仕事中に私語をすることなどないブロワも、その雰囲気に呑まれていた。

五百年生きている俺はただ感心するばかりであるが、まだ若いレインやブロワには、刺激が強すぎる一幕である。

しかし、本当に、これは絵になる光景だった。

高貴な生まれの若い美男美女が、暖かな日差しの中で微笑みながらお茶を飲んでいる。

まさに優雅、まさに幸福。文句の付け所がない、完璧な一瞬だった。

お嬢様が幼い頃から仕えている身としては、性格の悪い妹が最高の婿を連れてきたような感動さえある。

実際にお嬢様が妹だったらいろいろと耐えられないのであくまでも比喩だが、長く成長を見守ってきたので兄になったような気分である。

ただ、お嬢様の実兄や実父がそんなふうに考えているのかといえば、話は別なのだが。

「あの、お嬢様。大変申し上げにくいのですが、現当主様と前当主様がこちらに向かっておりますす」

ものすごく血気に逸《はや》った気配を纏《まと》って、お兄様とお父様が接近してきている。

ただ怪しいというだけでも襲いかかるお二人が、本当に男女の関係になろうとしている男を許すわけもなかった。

「あら……護衛は一緒？」

「いえ、お二人だけです」

「だったらあの件ね」

だんだんと近づいてくる、二人の男性の叫び。騎乗しているので、軍馬の走る勇ましい音も聞こえてきた。

仙人である俺は気配探知によって相手の居場所や状態を把握できるのだが、あのお二人はどうしてトオンとお嬢様がいちゃついているのを察することができるのだろうか。

単なる思い込みが的中しているのかもしれないし、超自然的な直感が働いているのかもしれない。

どちらにしても、迷惑な話である。

「ねえトオン。いつもはサンスイがお兄様やお父様を静かにさせているのだけど、今日は貴方がやってみる？」

「……」

さらっととんでもないことを言い出すお嬢様。

普段やっている俺が言うのもどうかと思うが、騎乗している人間を怪我させずに気絶させるのは極めて難しい。

なにせ走っている馬から落ちることもあるのだ。骨折することもあるだろうし、死んでも不思議ではない。

「よろしいのですか？」

「よろしいも何も……サンスイがいつもやっていることよ、一回ぐらいは成功させるところを見せてちょうだい」

さすがに驚いているトオンだが、お嬢様の無茶ぶりにも嬉しそうに笑って応じていた。

「大丈夫よ、骨が折れたぐらいで文句を言う二人じゃないわ」

「なるほど……武門の名家に対して、いらぬ気を使いました」

ソペードは武門の名家である。

なので気に入らない奴に斬りかかることもあるが、反撃で返り討ちにあっても文句は言わないのだ。

恥を知っているのか知らないのか、どっちなのだろうか。

非常に今更ながら、この家が今まで存続できたのが不思議である。

「では、サンスイ殿。今日のところは、私がお二人を止めましょう」

「ええ、お気をつけて」

そして奇妙なことなのだが、それはトオンにとっても違和感のない価値観らしい。

世の中とは、本当によくわからないものである。

「では……！」

騎兵二人に向かっていくトオン。

その後ろ姿は精悍《せいかん》な男子のそれであると同時に、はしゃいでいる少年のそれにも似ていた。

その背を見て、お嬢様はとてもうっとりとしている。

「はあ……トオンはかわいいわねえ」

本当に幸せそうに、トオンに見惚れている。

いいのだろうか、一応生命の危機にさらされているのだが。

剣を抜いて襲いかかってくる武人二人を相手に、不殺を心がけて戦わなければならないのだが。

死んじゃったらどうしようとか……思わないいんだろうなあ。

思っていたら、今まで俺やブロワに無茶ぶりしていたはずがないし。

「ねえパパ、大丈夫かな？」

「大丈夫だろう。トオンは元々強いし、影降ろしは加減もきく。なによりも……」

あれからトオンは、確実に強くなっている。

俺に弟子入りしたこともさることながら、ランと俺が戦うところを見てからは、さらに動きの精度が高まっている。

今の彼なら、二人を殺さずに抑え込めるだろう。

「死ねぇえ！」

「くたばれぇ！」

「影降ろし……飛び石の舞！」

馬上で剣を振るうお二人を前に、トオンは分身を作り出した。

美男子の背を踏み台にして、同じ顔をした男が馬よりも高く飛び上がる。

「ぬうう！」

「うおおお！」

空中で剣を振りかぶっているトオンを、二人は同時に攻撃しようとする。

だがしかし、それは二人がそろって上を向いていることを意味していた。

遠くからなら一発でわかることだが、跳躍したトオンは囮《おとり》に過ぎない。

「とった！」

本命になったのは、見上げている二人の下方から襲いかかった二つの影だった。

馬に乗っている二人の腰に飛びつき、そのまま落馬させたのである。

「ぬぅう！」

「しまった！」

ただし二人が地面に叩きつけられないように、飛びついた側が下になるように気を使って。

「ぐふぁ！」

「ぐああ！」

落馬の衝撃を受け止めた分身は消え去り、残ったのは地面に倒れているお二人だけ。

そして分身の足場になっていたトオンの本体は、腰から抜いた剣を悠々と二人に突き付けていた。

「まだ続けますか？」

「……参った」

「我らの負けだ……腕を上げたようだな」

お二人は冷静になり、敗北を認めていた。

負けを認めないことほど恥ずかしいことはない、負けを認めなければ死んでしまう、死を選ぶほど切迫した状況ではない。

「……サンスイ、今のはお前が教えたのか？」

素面になった二人は、これ以上の醜態を晒《さら》すことはなかった。

今の立ち回りを見ていたブロワは、俺へ尋ねていた。

視覚的な誘導による奇襲であり、見事な立ち回りというほかなかった。

それが俺の教えた型だとでも思ったのだろう。

「そんなわけはない、アレはあの方がご自分で練った技だ」

「そうか……二度三度通じる手ではないが、見事というほかないな」

ブロワが賞賛するほどに、素晴らしい動きだった。

そして今までのトオンにない、幅のある戦い方だったと思う。

「さすがトオンね、こうでないと」

以前より強くなっているトオンを見て、お嬢様は満足げに微笑んでいた。

満了

「見事だ、トオンよ。我らを殺さずに拘束するなど、そうそうできることではない」

お嬢様の屋敷で、お父様とお兄様を交えて茶会が再開した。

「サンスイの下で修行を積んだだけのことはある。分身を生かした戦術は、以前よりも磨きがかかっているな」

二人とも不機嫌そうではあるが、恥ずかしそうではなかった。

本気で殺す気ではあったが、それとは別の思惑もあったようである。

しかしそれはそれとして、殺す気で襲ってくるのは止めていただきたい。

「これは妹には既に話してあるが……サンスイ、ブロワ。お前たちを護衛の任から解く」

現当主であるお兄様から出た決定は、レインやブロワにとっても衝撃的なことだった。

解雇というほど突き放してはいないが、それでも驚きである。

俺達はお嬢様を見るが、その顔はわずかながら優しげだった。

付き合いのある俺達以外には、ただ意地悪く笑っているようにしか見えないだろう。

「その代わり、トオンに妹の護衛を務めてもらう。もちろん一人ではなく、信用できるものを集める形でな」

「もともとブロワとサンスイの二人だけで、娘の護衛をしていたことに無理があったのだ。今後はもう少し規模を大きくしてもらう」

この世界の基準でも、俺達二人でお嬢様をお守りするのは無茶だったらしい。

それができるほど俺とブロワが強かったことも確かではあるが、かなり無理をしていたのも事実だ。

「私はこの国では顔がきかず、信用できるものを集めることは難しいのですが……」

「お前と同じように、サンスイの下で指導を受けている者から募ればいい。身元が保証されているとは言い難いが、お前が信用できる者を集めて御せ」

「……承知しました」

お父様の真面目な言葉に、トオンは敬意をもって応じている。

さっきまでものすごく無思慮なことをしていたのに、肝心なところでは真面目になる一家だと思う。

三人とも、そのあたりは本当にきっちりしていた。できれば、肝心なところ以外もきっちりしていただきたい。

「あの……パパはどうなるんですか?」

不安そうなレインは、一応確認をする。

それに対して、お父様は真摯に応じていた。

「レイン、心配をするな。悪いようにはしない」

トオンに向けていた真面目さと変わらない顔で、レインに安心するよう伝えている。

「まずは、サンスイ、ブロワ。今までよく働いてくれた、感謝する」

「光栄です」

「責務を果たしたまでです」

「娘が今日まで無事だったのは、お前たちの働きあってこそ。であれば今度は、私たちがお前たちに報いる番だ」

力不足や失敗で退職させるのではない、とおっしゃっている。

これがお世辞ではないことを、俺達はよく知っている。お父様もお兄様も、そんなごまかしをする人ではない。

「特にブロワよ」

「はい」

「お前には、大変な役割だった。実力を疑うわけではないが、それでも負担が大きかっただろう。本当に、よくやってくれた」

会釈に近い形で、お父様は頭を下げた。それに倣う形で、お兄様も頭を下げている。

見逃してしまいそうな所作だが、それは紛れもなく感謝の表れだった。

「……身に余る光栄です」

それを見て、ブロワも感極まっていた。

もちろん俺も、お嬢様も、ブロワの気持ちがよくわかっている。

本当に、ブロワは一生懸命頑張っていた。傍にいた俺達が、それをよく知っているのだ。

「幼少の頃から、よく仕えてくれた。これは満了であり、新しく仕事を押し付ける気はない。もう我らへ奉公する必要はないのだ」

「……はい！」

思わず涙がこぼれているブロワ。

それをぬぐうこともできないほどに、彼女は感激していた。

「サンスイ」

「はっ」

「ブロワを幸せにしてくれ。お前ならできると、信じているぞ」

「はい」

お父様から頼まれて、返事をする。

正直自信がないが、やれるだけ頑張るしかないな。

確かにブロワは、幸せになるべきだと思う。

「とはいえだ、サンスイには今後も働いてほしい。永遠に我が家へ従属してほしいわけではないが、さすがに五年で隠居されても困る」

「はい」

お兄様の言いたいこともわかるが、俺だって同じ思いだ。親子二代にわたって仕えているとも言えるが、ちょうど代替わりする時期だったのでそんなに長く雇われているわけではない。

今後千年仕えてと言われても困るが、今すぐ辞めろと言われても同じぐらい困る。

レインを一人前まで育てるという目的を達成するまでは、最低でもあと十年は必要だろう。

「サンスイには正式に、武芸指南役になってもらう。五年もの間妹の護衛を務めていたお前だ、急な出世だと妬《ねた》まれることもないだろう」

「希少魔法を抜きにした剣の実力も、他人への指導も、どれも実証済みだ。今後は教導に専念してほしい」

出世も出世、大出世なのだろう。

剣しか取り柄のない俺にとっては、望み得る最高の仕事なのかもしれない。

今更俗世で出世を望むほどの欲はないが、それはそれとして認めてもらえるのは嬉しかった。

「ご期待に沿えるよう、今後も尽くさせていただきます」

それに、仕事の内容もよくなったと思う。お嬢様の護衛をしなくてもいい上に、剣の指導に専念できるのだから。

今までは退屈しのぎで山賊と戦わされたりしていたが、今後なくなりそうである。

「正式にサンスイとブロワは婚約をすることになるわけだが、であればまずブロワの両親に挨拶をする必要があるだろう。休暇をやるから、ブロワの実家へ三人で向かえ」

「今まではほぼ休みなしで働いていたのだ、旅行だと思ってのんびりするといい」

心底から、とてもありがたい命令だった。

レインもブロワも、トオンもお嬢様も、みんな嬉しそうにしている。

もちろん俺だって嬉しいのだが、少し気になることがあった。

「ご当主様、差し出がましいことですが……」

「ランのことは気にするな」

俺が気にすることなど、最初からお兄様は承知の上だった。

今はいないが、ランが戻ってくる時に俺がいないのは、問題ではないだろうか。

「アレはバトラブが預かっているのだ。すべての責任は、バトラブ家にある。暴走しようがしまいが、すべてはあの家が負うべきことだ。我らが、ましてやお前が気にすることではない」

理屈はわかるが、だからといって割り切れるものではない。

彼女を生かしてしまったのは、俺の未熟である。

「それともなにか、サンスイ。お前がしばらく仕事をしていないだけで、この国が滅びるとでも言うつもりか」

思わず、はっとしてしまう。確かに、おこがましいことだった。

「お前は、この国で一番強い剣士だ。切り札たちの中でも特に信頼できるし、失敗するなどあり得ないとまで思っている。だがそれでも、お前が何もかもを背負う必要はない。失敗をそこまで忌避しなくともよいのだ」

一人の剣士であるにもかかわらず、分《ぶん》を弁《わきま》えない発言だった。

休めって言われたのなら、すんなり休むべきだ。

「サンスイ、お前に任せることが一番確実かもしれないが、それは他人に仕事を回さないということではない」

「お前は最強かもしれんが、一人ではないのだ。結婚の挨拶をしてくる間ぐらいは、仕事を忘れて家族と仲良くするがいい。戻ってきた時は、嫌というほどこき使ってやる」

「お兄様とお父様がここまで言っているのよ、恥をかかせないでちょうだい」

ふとレインとブロワを見る。二人とも、期待のまなざしを向けていた。

そしてトオンを見る。とても満ち足りたような目で、俺を見ていた。

「……トオン様」

「はい」

「私が留守の間、お嬢様や剣の指導を、お任せしてもよろしいでしょうか？」

「ご安心ください、全身全霊で成し遂げてみせましょう」

「では……謹んで、ブロワの家族へ挨拶に伺わせていただきます」

解放

「ううう……ようやく、ようやく、終わった……」

退席を許された俺とレインは、涙を流しているブロワを連れて部屋を出ていた。

護衛の任務から解放されて気が緩んだ彼女は、安堵のあまり泣きじゃくっていたのだ。

もう護衛をしなくていいと言われただけで、ここまで泣いている。

普段は泣くような彼女ではないのだが、それだけ重荷だったということだろう。

「も、もう戦わなくていいんだな……」

「ああ、その通りだ。もう気を張らなくていいんだぞ」

「うううあああ……」

泣いて喜んでいる彼女は、年相応の振る舞いだった。

そんな彼女を俺は抱きしめて、レインも一緒に抱きついていた。

「ふぐぅ……うぐぅ……」

ここまで泣いているのは、お嬢様がすごく嫌いだったとか、そういうことではない。

もちろんお嬢様の相手をするのは大変だが、それ以前にソペード本家令嬢を護衛しなければならないということが、分不相応なまでに負担だったのだろう。

もしもお嬢様に何かあれば、ブロワもその家族も、どうなるかわかったものではない。

それはレインを育てるためにお嬢様を護衛していた俺も同様であり、同じ気苦労を重ねてきた者として喜びを分かち合った。

とはいえ、俺とブロワが同じように感じているわけもない。

同じように満了を伝えられた身ではあるが、自分の命が惜しくない俺にとっては衝撃的というほどではなかった。

「今まで、本当によく頑張ったな、ブロワ」

ブロワは剣と魔法の天才で、その実力は疑うことがない。

しかし同じように天才であるトオンと違って、戦うことや努力することが好きというわけではなかった。

求められている実力を得るための過酷な鍛錬は、彼女にとってただ辛いだけだったのだ。

「ううう……」

今まで彼女はたくさんのことを我慢していた。

それから解放されて、泣いて、何が悪いというのか。

俺はレインと一緒に、しばらく彼女を慰めていた。

「……」

そして泣き止んだブロワは、俺の肩から顔を上げると、顔を赤らめてやや縮こまった。

そして今度は背が低い俺の胸に顔を押し付けている。

どうやら、恥ずかしくなってしまったようだ。

よくよく考えれば、彼女と俺はきちんと結婚をするのだ。

何一つ憂いのない結婚というのは、彼女にとって「あがり」と言っていいことなのだろう。

こうなると不老長寿の身が申し訳なくなるが、仙人になっていなければ五百年前に死んでいたので、彼女にとって悪いことではなかったと思いたい。

「なあサンスイ」

「どうした」

「夢じゃないよな。私たちが護衛をやめて、実家へ結婚のあいさつに行くのは」

どうやら夢か現実か迷うほどに、彼女にとっては大ごとだったようだ。

そこまで不自然な話じゃなかったと思うのだが。

「夢じゃないよ、ブロワお姉ちゃん！」

「そうか……」

俺が答えるより早く、レインが答えていた。

少し残念そうなブロワは、微妙にレインを恨んでいる。

どうやら、俺の口から聞きたかったらしい。

「今まで、本当に頑張ったな。ブロワはもう、戦う必要も稽古をする必要もないんだ」

そのあたりを察して、俺がちゃんと伝える。

ブロワは気を取り直して、嬉しそうに笑った。

「そうか……私もようやく、普通の女の子のように……」

そして、俺とブロワは同時に首を傾げた。

そう、ブロワはもう普通の女の子。婚約を間近に控えた、貴族の少女である。

一体、普通の貴族の少女とは、何をするべきなのだろうか。

「……どうしたの、二人とも」

不思議そうに首をかしげているレイン。

極めて普通の少女、上流貴族の家庭で育てられた我が娘には無縁な悩みが、そこにあった。

レインはこんな思いをせずに済んでいるのだから、ますますソペードには恩義を感じてしまう。

つまり、普通に辛い。俺もブロワも、こめかみを押さえそうになってしまう。

「なあレイン……私は、普通の少女として、何をすればいいいんだ？」

「ええ？」

ものすごく困った顔をしているレイン。

なんでそんなことでいちいち悩むのか、彼女にはちっとも理解できないに違いない。

だがしかし、これは仕方がないことなのだ。

生まれてこの方剣を握ったことがない令嬢が、どう剣を使っていいのかわからないように。

幼少期に才能があると分かってずっと剣と魔法の稽古をしていたブロワが、普通の貴族令嬢としての生活がわからないのは当たり前なのだ。

「……え〜〜」

ものすごくがっかりしているレイン。

しかしそんな失望のまなざしを向けないでほしい。

大人になれば色恋を楽しんで当然だとか、結婚するのが当たり前だとか、仕事をばりばり頑張るとか。

そんなのは、子供の甘い想像でしかない。実際にはものすごく頑張らないと、どれ一つ達成も維持もできないのだ。

「正直、今までそれどころじゃなかったんだ……」

「俺もだ。思えば狭い世間で生きてきたもんだ……」

俺もブロワも、交遊関係が絶無に近い。

ずっとお嬢様の護衛として過ごし、それ以外は鍛錬に充てていた。私的な時間はないに等しく、ブロワが健全な友人を作ることは不可能だった。

仕方がないと言えば仕方がないのだが、もう鍛錬しなくていいと言われても、何をしていいのかわからなかった。

「今までの生活だって、間違っていたわけじゃない。ブロワは何も悪くないんだし、これからゆっくり取り戻せばいいだけだ」

「そうは言うがな、サンスイ……私は既に、悲しくて泣いているんだが……」

近衛兵に勧誘されるほどの、才気あふれる女剣士。

その彼女が、今までの半生を後悔していた。

今までの人生は、一体何だったのだろうと。

「気にするな、ブロワ」

「サンスイ……」

「俺なんて、五百年だぞ！」

「うん……まあ、うん……」

駄目だ、自虐をしても通じない。

我ながら期間の長い自虐だが、現実味がなさすぎてブロワも反応に困っていた。

「まあとにかく、なんとかしよう。俺は何も思いつかないが、急いでいるわけでもないし」

「私も全然思いつかないが……多少は急ぎたい……」

恋人同士、時間が空いている者同士、何すればいいのかわからない。

でもせっかく責務から解放されたのだから、とにかく何かをしたい。

そんな焦りが、ブロワからにじんでいた。

「ねえパパ、何にも思いつかないの？」

「まったく思いつかない」

「ええ〜〜」

「俺はスイボク師匠の元を去ってから、ずっとお嬢様の護衛をしていたからな……ブロワと似たようなものだし」

「だったら、お嬢様の真似をすればいいんだよ」

俺とブロワは、素面《しらふ》になって思い浮かべた。

そう、俺達の前で、お嬢様がどんなことをしていたのかを。

苦難、苦渋の道だった。

「真似できん……」

「真似したくない……」

俺もブロワも、あそこまで厚顔になることはできない。

というかお嬢様の所業を真似しても、楽しめるとは思えなかった。

アレを楽しめるのはお嬢様だけというか、お嬢様がなぜあれを楽しんでいたのかわからない。

「そ〜じゃなくて〜。さっきトオン様と一緒にやってたのを、もう一回やればいいんだよ」

俺とブロワは、再び互いを見合った。

再び苦悶の表情をする俺。ブロワは赤面して、恥ずかしがっていた。

あれはあれで、俺達が真似できるものではない。

「レイン……」

「なに、パパ」

「アレは、俺達には、絶対に無理だ」

「やる前から諦めないでよ！」

「やらせないでくれ」

むくれているレインだが、俺としては絶対にやりたくなかった。

アレは美男美女が余裕たっぷりで、戯れながらやるからいいのだ。

ブロワは美女と言っていい容姿だが、俺は美男子じゃないし、どっちにも余裕というものがない。

やる前から失敗すると分かり切っていることに、無謀にも挑戦しろというのか。

「……いや、やろうサンスイ」

意外にも、ブロワは羞恥から立ち直った。

「アレを、私たちでやろう！　私たちのために！」

さっき見たばかりのあの光景を、自分たちで再現する。

見惚れた光景に憧れたからこそ、人は困難に立ち向かうのかもしれなかった。

でも嫌なもんは嫌だなあ……。

「サンスイ……」

「パパ……」

二人の視線が熱い。

そうだ、特に失うものがあるわけでもないのに、なぜ俺は躊躇してしまうのだろうか。

ここで何もせずに立ち止まったら、今後どの面を下げて、生徒たちへ剣を指導できるのか。

なによりも、この場で妻になるブロワと、娘であるレインの希望を叶えてあげるべきではないか。

彼女たちを幸せにする、希望を叶えてあげることこそ、夫として父として、男としてやるべきことではないか。

「よし、やろう！」

血のつながりがない俺達は、こうやって家族になっていくべきなんだ……！

×　　×　　×

俺は自分の部屋にテーブルと椅子を並べて、場所以外はお嬢様とトオンのお茶会を再現していた。

レインは興味津々でこちらを見ており、ブロワはものすごく照れながら椅子に座っていた。

「ううむ……」

ブロワはかわいいなあ、と思う。

嘘偽りなく、彼女はかわいかった。

この少女と結婚できるのだから、俺はきっと幸せ者なのだろう。

「ブロワお姉ちゃん！　ちゃんと言おうよ！」

「そ、そう言われてもだな……」

「さっきみたいに！」

「むむむ……むむ、無理だ！」

頭を抱えるブロワ。

あまりの恥ずかしさで、顔から火が出そうになっているのだろう。

「何をすればいいのか、何を言えばいいのかもわからない……！」

俺もそうなので、何も言えない。

多分レインだって、具体的な案は出せないだろう。

「さっきと同じことをすればいいんだよ！　『ねえトオン、弟子入りして剣の腕は上達したのかしら？　もっとサンスイに修行をつけさせたほうがいい？』って！」

よく覚えていたな、レイン。もしかして、一字一句を記憶しているのだろうか。実に利発で、
俺の娘とは思えない。実際に血はつながっていないし、教育はかなりソペード任せだったけれども。

「ほら！　ねえトオン、って言って、いたずらっぽく笑って！」

「あ、うう……ね、ねえトオン……」

「駄目だよ！　もっと頑張って！」

お芝居というかおままごとみたいになってきた。

というか、登場人物の名前がトオンのままになっているので、完全にお芝居である。

レインはそのことに納得しているのかもしれないが、ブロワはそのことに気付いているのだろうか。

「ね、ねえトオン……弟子入りして、剣の腕は上達したのかしら？」

気付いていないらしい。

「もっとサンスイに修行をつけさせたほうがいい？」

「はい、パパ！　ここで『おやおや、てっきり私との時間を長く欲しがっているのかと』だよ！」

なんで俺が俺に修行をつけなければならないのだろうか。

とは言わないのが大人である。五百年も生きているので、野暮なことは言わないのだ。

「おやおや、てっきり私との時間を長く欲しがっているのかと」

恥ずかしさを表情や態度には出さないようにしているので、ブロワよりはましだと思う。

しかし我ながら、まったく似合わないセリフだった。どう考えても、俺の脳みそから出る言葉じゃない。自分の口から出しておいて、違和感がすごかった。

「いいよ！　パパ！」

「あ、あわわわ……！」

俺らしくないセリフだったが、二人には好感触だった。

もしかして俺らしさというものを、二人は求めていないのだろうか。そう思うとやや傷つくが、よく考えなくてもそうだった。

この状況では俺らしさなど不要、格好をつける時なのだ！

「ブロワお姉ちゃん！」

「は、はい……！　こ、こういう時間がもっとあったらなって……」

「違うでしょ！　『あらあら、そんなに寂しがりやな女だと思っているの？　さすがに心外だわ』だよ！」

ぐいぐい押していくレイン、むしろ怒ってさえいる。

真剣にやってほしいようだが、ブロワはむしろ大真面目だ。

そのあたり年齢の差があるのかもしれない。俺から見れば誰もかれも同じだが、そんなことを言い出したらいよいよ俺も年寄りだなあ。

「あらあら……そんなに寂しがりやな女だと思っているの？　さすがに心外だわ……な、なあレイン……」

どうやら違和感に気付いたらしいブロワは、羞恥の方向性がずれてきている。

そう、このままではトオンに横恋慕をしているかのような茶番になってしまうのだ。

「やめないか」

「なんで！」

しかしレイン、ものすごく怒っているなあ。

レインはレインで、いろいろなあこがれやこだわりがあるのだろう。

「じゃあどうするの！　どういう感じでイチャイチャするの！」

頬を膨らませているレインだが、さすがにこのままではブロワがかわいそうだった。

父として夫として、少しは頑張らねば。普段からまったくと言っていいほど父でも夫でもないので、こういう時こそガツンといかねばなるまい。

「なあレイン」

「なに！」

はたと思う。

こういう時、父として、夫として、どうふるまえばいいのだろうかと。

「こういう時、どうしてほしい？」

「私に聞かないでよ！」

どうやら俺は、父としても夫としても最底辺であるらしい。

別に仲が悪いわけではないし、むしろ良好だと思うのだが、熟練した家族ではない俺達。

いやそもそも、熟練した家族とは何なのか。そこからすでに、再定義が必要なのかもしれない。

いままでの俺達はお嬢様を含めた四人で行動していたから、何もかもをお嬢様がお決めになっていた。

悪く言えばお嬢様の我儘《わがまま》に振り回されていたのだが、よく言えばお嬢様に従っているだけでよかった。

なので俺達は、自由を与えられてもぎこちないわけで……。

「とりあえず……レイン、ブロワがかわいそうだからやめてあげてくれ」

確実なことは、今のままだとブロワがかわいそうだということだ。

「ぶぅ」

もちろんレインだってかわいそうだが、一旦方針転換が必要だ。このまま先に進んでも、誰も幸せになれない。

「私が思うに……私にお嬢様の真似は、早すぎたと思う」

「永遠に無理だと思うぞ、俺は」

「お前が永遠と言うと、慣用句に聞こえないな……。でも、そうかもしれない。私には向いていない」

ブロワも俺も、このままでは駄目だという結果を得るに至った。

このままいってほしいレインには申し訳ないが、向き不向きはあるということで一つ。

「じゃあさ、どんなのなら向いているの？」

不満げなレインは、早くも次の提案を求めていた。一刻も早く具体的な対案を出すべきだと、俺もブロワも思っている。

しかし長考に入って、痛いほどの沈黙が流れた。

「まだ当分は、いいんじゃないか？」

「そうだな！」

結論は『保留』だったが、ブロワもすぐ賛同した。顔は高揚しているが、今ので安心したらしい。

「そんなことしてたら、すぐお婆ちゃんになっちゃうよ！」

「そんなことはない」

極端なことを言うレインを諌《いさ》めるが、俺の口から出るとかけらも説得力がなかった。

「そうかもしれない……」

安心して保留したはずのブロワは、再び大いに危機感を抱いていた。

俺が年齢関係で説得するのなら、逆に極端なことを言うしかないのだろうか。

だが俺が『すぐにお婆ちゃんになっちゃうな～～』とか言ったら、それはそれで大問題だと思う。

やはり年齢関係は口にしないほうが無難だ。

「……じゃあ明日から頑張ろう。明日ならお婆ちゃんにならないだろう？」

「明日から頑張るっていうのは、駄目な人の発想だって先生が言ってたよ！　今日から頑張らないと、今から頑張らないと！」

なかなかいいことを教わっているレイン。俺もブロワも勤勉を良しとしているので、なかなか否定できない言葉である。

だが今俺達が頑張ろうとしても、何もかもが空回りするだけだと思う。

「素人が頑張ろうとしても、かえって駄目になることもあるんだぞ」

「……ねえパパ。パパはイチャイチャしたくないの？」

「したい。だがどうすればいいのかわからない」

当初の目的を数百年前に見失っていたが、俺だって最初は女の子とイチャイチャしたくて師匠の弟子になったのだ。

労多くして益少なしを地で行く展開だが、とりあえずブロワとイチャイチャしたいとは思っている。

ただ、イチャイチャの仕方がわからないだけで。

それはブロワも同意している。無言で、ものすごく頷いていた。

「パパには夢がないの？　こうしたいとか、ああしたいとか！」

言ったら怒られるかもしれないけども、ない。やや仙人的な言い方をすれば、性欲がないので求愛行動を思いつかない。

もちろん今までたまにそういう雰囲気になったこともあったのだが……あれは偶然の産物というか、ある意味では自然な流れだった。今いきなりやれと言われても、できるものではない。

「俺はブロワのことをお嫁さんだと思っているし、お前のことを娘だと思っている。それじゃあ駄目か？」

「駄目」

良いことを言おうと思ったが、何もごまかせていない。

やはり言葉は無力、行動で証明しないといけないらしい。

「ブロワお姉ちゃんは？」

「優しくしてほしい気もするし、強引にしてほしい気もする……何を言っているんだ私は」

素直に答えた後で、ブロワはものすごく後悔していた。

なんで俺達は見た目通りの少女を相手に、夫婦生活を提案して模索して、駄目出しされているんだろうか。

「パパはそれを聞いてどう思ったの？」

「俺もそうしてほしいと思った」

「駄目だよ、それ」

俺だってブロワが積極的にぐいぐい来たら、それに流されていい具合になると思っている。むしろ、それが楽だと思っている。二人そろって受動的な夫婦である。

「……ねえ、パパは、パパのお父さんとお母さんがそういうことをしているの、見てないの？」

「覚えてないし、そもそも見たくなかったな」

今レインに言われて自分に置き換えたのだが、俺は自分の両親がイチャイチャしているところを見たいと思っていなかった。むしろ絶対に見たくなかった。

遠い遠い記憶の彼方にかすむ、俺の両親。特に仲が悪かったわけではないが、特に仲が良かったわけでもなかった気がする。

当時の俺は、たぶんそれに不満はなかったはずだ。むしろ最良だろう、多感な時期に両親がイチャイチャしていたら、反抗期が悪化していた。

つまり俺は、レインが俺とブロワのイチャイチャを見たい気持ちに共感できなかったわけで。

「むぅ……」

共感はできないが、理解はできる。しかしやはり、今の俺達には難しい問題だ。

「レイン。気持ちはわかるが、やっぱり明日から頑張ろう。今日のところはお祝いをしようじゃないか」

「そうだな……うん、私はようやく戦わなくてよくなったんだし」

「……わかった」

重ねて言うが、俺達は仲がいいのだ。その一点だけは、三人とも疑いがない。

「お嬢様にお願いして、イチャイチャするように命令してもらおうかな」

やめてくれ、レイン。案外それでどうにかなるかもしれないけれども、さすがにそんなところまでお嬢様に管理されたくない。

将来

「皆様には申し訳ありませんが、一時私はソペード領地に戻ることになります。場合によっては数カ月席を外すかもしれませんので、どうかお許しください」

ブロワの実家に俺が挨拶をしに行くということで、当然ながら俺の指導はしばらくお休みである。

そのことの挨拶もあって、俺は指導をしている剣士の方々を集めていた。殆どの人が不満そうな顔をしているが、さすがに声に出すことはなかった。

指導自体は無償であったし、長期間留守にするわけでもない。結婚の挨拶に行くなとか、同行するとか、そんなバカみたいなことを言う人はいなかった。

「挨拶から戻った後は、お嬢様の護衛をトオン様へ正式に引き継ぎ、ソペード家の武芸指南役に就くことになります」

お嬢様の護衛をやめ、正式に指導者になる。それを聞いて嬉しそうになる面々も多い。今まではとは優先順位が変わるのだから、前向きに受け止めているのだろう。もしかしたら、俺が出世したことを喜んでくれているのかもしれない。そうだったらいいなあ、と勝手に思い込む。

「トオン様が護衛の任に就くにあたって、腕の立つ部下を必要としているのですが……皆様の中に、希望される方がいらっしゃれば……」

非常に今更だが、俺から剣の指導を受けている生徒たちは、ソペード家からある程度の給料を受け取っている。

どちらかというと現物支給の面が大きいのだが、とりあえず宿なしでも飢えているわけでもない。

とはいえそこまで裕福でもなく、社会的な立場は極めて低いと言えるだろう。現在の彼らは傭兵《ようへい》どころか小銭を受け取っているだけの鉄砲玉同然であり、現状のままでいいと思っている人はそういない。

もちろん出自が近衛兵である面々はそうでもないのだが、そんなのはごく一部だ。

俺や師匠のような仙人なら飲まず食わずの野宿も平気だが、それを普通の人に求めるのはおかしい。剣の修行だけ、剣の上達だけで腹は膨れないのだ。満腹感とか飢餓感を思い出すにも苦労する俺が言うのもどうかと思うが、とにかくソペードへ正式に仕官が叶うなら誰もが喜ぶだろう。元々、それを目当てに俺へ挑んだ者もいたはずだし。

「ということで、ドゥーウェ殿の護衛を私が引き継ぐことになった。とはいえ、私一人では力不足が過ぎる。どうか貴殿たちの力をお借りしたい。ソペード本家の正式な雇用という形になっているので、どうか奮って参加してほしい」

しかし、トオンからのいい話を聞いても、誰も喜ぶことはなかった。

トオンは男性からも人気があるので、部下になることを嫌がっているわけではないのだろう。

つまり単に、お嬢様が嫌われているだけだ。まったくもって、擁護できる要素がない。

「ご苦労をおかけします」

「いやいや、こうなると分かっていたとも。彼女は気位が高く、他人に対して高い水準を求めるからね。私のような変わり者でもなければ、近寄りがたい高貴さがある」

それは高貴と言っていいのだろうか、はなはだ疑問である。

というか、トオンは自分で自分のことを変わり者と言っているが、どちらかといえばトオンのほうが高貴でお嬢様のほうが変わり者のような気がする。

「それにだ、人を募るのも私の役割だ。これだけ志のある剣士の中から選りすぐりを口説き落とす、というのも心が躍る。何もかもを用意されては、味気なくつまらない」

明るく話す彼を、周囲の誰もが見ていた。俺と同じように、一種の羨望を彼に抱いているのだろう。

彼は本当に楽しそうに、この仕事に取り組もうとしているのだ。まさに王子様、というほかない輝きを放っている。

「私は必ずやり遂げてみせますよ、サンスイ殿」

この人に慕われている、この人に関われている、この人が強くなることに協力できている。

そのことがとても誇らしく思えるような、素晴らしい人だった。

その任務が、お嬢様の護衛というのは、少々残念に思ってしまうのだが。この人には、もうちょっと気高い任務に就いてほしい。

だがこれを彼が喜んでいることは事実で、お兄様やお父様がお決めになったことでもある。思うだけにしておいて、口にするのは止めておくとしよう。

「やり遂げないほうがいいと思うんですけどねえ」

俺が口に出さなかったことを、生徒の一人が口にしていた。やはり俺の感覚は、世間とそう乖離《かいり》していないらしい。

「そういうことは、胸に秘めておくものだ。どこで誰が聞いているか分かったものではない」

なお、トオン。聞かなかったふりをしつつ、適切な助言を送っていた。彼本人も、まともな感覚を失っていないらしい。

となると果たして彼は、本当にお嬢様のことを愛しているのだろうか。今更ながら、本当に疑問に思う。

「ん〜ああ、そのですね、サンスイさん」

生徒の一人が、俺へ質問をしようとしていた。

「ブロワさんと結婚するってことは、お貴族様になるってことで?」

「そうらしいですね。領地を頂けるわけではないので、そこまで大したものではありませんが」

人によっては、俺にもっと上を目指してほしいと思うだろう。この国で一番強い俺が領地を持たない貴族程度に収まれば、他の剣士はそれより上を夢見ることができないからだ。

ただ、それは貴族の仕事を軽んじているからである。領主に必要な教育を受けていない俺に、領地を任されても困る。剣を振ったことがない人間に、剣の指導者をやれと言っているようなものだ。

その理屈で言うと、本当に祭我は大変だと思う。四大貴族の当主となると、逆にハンコを押すだけの仕事になるのかもしれないが……それはさすがに偏見か。

というよりも、お兄様やお父様がどんな仕事をしているのか、俺はよく知らないので何とも言えない。よく知らないことを想像で語るのは、それこそ身の程知らずというものだ。

「私に土地の運営や兵士の指揮は無理ですからね。できない仕事を任されるよりも、とてもありがたいことですよ」

「サンスイさんの場合、一人で突っ込んで皆殺しで終わりですもんねえ。将軍とかなれって言われても、そりゃあ断りますよね」

さらっと酷いことを言われた気がするが、確かにその通りである。

俺は寝食も不要な上、敵から武器を奪いながら戦うこともできるから、一人で突っ込んで全滅させるのが一番簡単なのだ。

「それがなにか」

「サンスイさんが領主にでもなるんなら、俺らを雇ってもらおうかなって思ってまして」

それって、コネ入社なのでは。この世界では普通なのかもしれないが、なかなか抵抗がある。とはいえ俺も道で拾われた身なので、偉そうなことは言えない。そもそも、この場の面々でお嬢様の護衛を選抜することも、コネ入社みたいなものである。

「だよなあ」

「うんうん」

俺にしてみると突拍子もない話だったのだが、どうやら賛同者は意外と多いようだった。

会ったこともない貴族に仕えるよりも、気心の知れている相手に仕えたいという気持ちはわからないでもない。

なんだかんだ言って、お嬢様以下の主に雇われるという可能性もないではない。お嬢様は良いご主人様ではないが、最低限のことだけはきっちり守っていたからな。それさえできない貴族、というのもこの国にいるのだろう。

ドミノの亡命貴族を知っているので、お貴族様はみんな素晴らしいなどとは言えないのだ。

とはいえ、いくらお兄様やお父様でも、彼らをソペード本家の正規兵にねじ込むことはあるまい。であれば彼らの就職先は、やはり顔も見たことがないソペード傘下の貴族ということになる。

「新しい出会いを怖れることはありませんよ。それに当主様から紹介状を頂く形になると思いますし、そうそう冷遇されることはありません」

俺が言っても嫌味にしか聞こえないだろうが、当主が推薦した剣士を傘下の貴族が雑に扱うことはない。雑に扱っても何も得がないからだ。

俺の生徒たちも俺同様に、剣しか取り柄のない男たちである。地方領主の精兵などが適職で、他人を無用に押しのけることもないだろうし、財布を痛めることにもなるまい。

「とはいえ、士官先にご迷惑が及ぶようなら、私が始末をつけに行くことにもなるでしょう。前当主様の顔に泥を塗らぬよう、精進を怠らず節度を保っていただきたいですね」

軽く警告しただけなのだが、トオン様を含めて全員が真顔になっていた。

ランを公衆の面前でぼこぼこにしたことや、大量の首を並べたことが俺の評判を落としたのだろうか。誤解でもなんでもなく、ただの事実というのが悩ましい。我ながら、悪業を重ねたものである。

「サンスイ殿ご本人がお優しいのは皆も存じていますが、ソペードへの忠義ぶりや滅私の仕事ぶりもまた周知なのです。だからこそ、忠言が胸に届くのですよ」

やや緊張気味のトオンが傷ついた俺を慰めてくれる。うん、まあ、忠告がきちんと届いたのなら何よりだ。俺だって指導した生徒の首を落としたくはないが、命令されればやるしかない。

「と、とにかく……私はソペード家の武芸指南役となるのです。皆さんがソペードの領地で働く以上、決して縁は切れません。呼ばれればお伺いしますので、いつでも頼ってくださいね」

「あ、そのことなんですけど、ちょいといいですかね？」

別の生徒が手を挙げていた。恐怖に顔が歪んでいるわけではないので、さっきの話を引きずっているわけではないらしい。

「職場を紹介してもらえるのは嬉しいんですけどね。正直サンスイさんの生徒として名乗れるほど、腕に自信がないわけで……あと数年は鍛えてほしいですねえ」

なかなか嬉しいことを言ってくれる生徒である。個人的には何年と言わず何十年でも、寿命が尽きるまで付き合ってあげたいところだ。

しかしそれはさすがに迷惑だろうし、他の人にも嫌がられるだろう。真面目に修行しているわけではあるが、社会に貢献しているわけではないのだから。

「それは……難しいかと。貴方がたはソペード家から食い扶持を頂いているのですから、その指示には逆らえないでしょう。皆様が現在の力量に自信が持てないのはわかりますが、外からの評価もまた避けられないのです」

自分では弱いと思っていても、世間からは十分強いと思われている。そして実際にそれだけの強さがあるのなら、決して悪いことではない。

スイボク師匠の弟子である俺も、同じように考えている。

「私もスイボク師匠に比べれば甚だ未熟。若き日の師匠を知っている神宝《カンダカラ》たちに師匠との比較をされてしまうと、いつも情けない気分になってしまいますよ」

皆同じ心境なんだなあと思っていると、俺の言葉に対して全員が嫌そうな顔をしていた。

さっきは怖がられていて、今は嫌がられている。もしかして俺は、慕われているわけではないのだろうか。剣の指導者として、自信を失ってしまう。

「サンスイ殿……貴方がそう言ってしまうと、皆立つ瀬がなくなってしまいます」

自虐ではなく、ただ事実を述べただけなのだが……。

「確かにそうですね……私も国一番の剣士と認められている身、背筋を曲げていては不興を買いましょう。皆さんが自分の実力に自信が持てないのであれば、仕官先でも更なる鍛錬と経験を積むことです。師の下で指導を受けることばかりが修行ではありませんからね」

とにかく、無難にまとめることにした。このままだとらちが明かない。

「私の出発は明日です。見送りなどは結構ですので、皆さんは稽古に勤《いそ》しんでくださいね」

道中

生徒を送り出す立場になると、突然学園長の気持ちがよくわかるようになった。

師匠の元から送り出された時の俺は、一応一定の水準に達していると認められていた。そして実際俺は、俗世で最強と呼ばれる程度の実力を持っていた。

だがしかし、俺の生徒たちはそこまで強くない。まだまだ伸びしろはあるのだが、十分な修行をするには人生が短すぎる。まだまだ鍛えられる生徒を、不十分なまま送り出さなければならないことの、なんと歯がゆいことか。

俺は仮にも彼らの師であり、その人生にある程度の道筋を作る義務がある。

剣の技を教えることもさることながら、彼らがこの世界で良く生きていけるように助けなければならない。

それこそ師匠が俺に望んだことであり、俺自身がやりたいと思っていることだ。

しかし各々が望んでいることを完璧に実現できるわけではないし、そもそも俺自身に仕事の経験があんまりないわけで。

「むぅ」

なにからなにまで、お兄様やお父様任せである。無邪気に指導をするだけだった己を恥じるばかりである。

もちろんお二人はそういう立場のお人であり、最初からある程度の目算を立てた上で彼らを囲い込んだ。俺はその指示に従ったまでであるが、従うばかりで考えがなかった。

俺は剣を振ることしかできず、それに甘んじてきたことに問題があるのだろう。

今後は一人の大人として自立し、己の頭で考えられるようにならなければ。

「ぬぅ」

剣の指導をしつつ、生徒にふさわしい職業を考え、それに就けるように教育する。

生半《なまなか》ならぬことだとはわかるが、困難だからといって投げ出すのはよくない。

剣の師匠だからといって、剣しか教えないのは不義理が過ぎる。

いっそ自分でも、護衛や剣の指導以外の仕事をやってみるべきなのかもしれない。

「パパ！」

そんなことを考えていると、レインに怒られた。

「なんで黙って考え込んでるの！」

今俺は、ブロワの実家へ向かう馬車の中である。当然ながら、レインとブロワも一緒だった。

「すまん、仕事のことを考えていたんだ。指導している人たちの進路が気になって気になって」

「今日はお休みなんでしょう！」

「わかってる、わかってるんだが……」

「ほら、ブロワお姉ちゃんがおめかししてるんだよ！　褒めようよ！　きれいだね、美しいね、かわいいねって！」

いつもは、というよりはいままでは、お嬢様の意向により男装していたブロワ。だが既にその役目を終えての帰郷ということで、今は貴族の令嬢に相応しい余所《よそ》行きのドレスを着ていた。

しかし、こんなことを言ったら多分怒られるだろうが、服が似合っているとかいう以前に、表情が完全に子供である。

出会ってから今までは生真面目な顔をしていたので、幼くさえ見える緩み切った表情のブロワを見るのは初めてだった。

「それは出発前に言ったんだけども」

「何度でも言おうよ！」

「しつこく思われないか？」

「少なくとも、今のブロワお姉ちゃんは悲しそうだよ」

改めて、目の前のブロワを見る。

「うふふ」

少なくとも、気配を感じるまでもなく幸せそうだった。

「ふふふ」

夢を見ているような心地と言っていいのだろう、馬車に揺られながら陶酔していた。

かわいい服を着て、婚約者と一緒に両親へあいさつに行く。そんな女の子らしいイベントをすることになって、胸を弾ませているのだ。

周りで何が起こっているのか、気にしてもいないのだろう。

「悲しそうに見えないいんだが」

「悲しんでるの！」

現実を無視して強弁する我が娘レイン。しかし俺もレインの言いたいことはわかる。

せっかくの旅行なのに、父親は仕事のことで難しい顔、母親は浮かれて有頂天。

それでは楽しいはずもないだろう、我ながら配慮に欠けていた。

「そうだな……うん、で、どうしようか」

すでに楽しそうにしているブロワへ、何かの接触をするのはためらわれる。

今の彼女は人生で最大級の幸福感に包まれていて、しかもそれが虚構ではなく現実なのだ。

まさに夢心地なのに、それを覚まさせてしまうのはどうなのだろうか。

「なあレイン」

「なにパパ」

「俺と親子らしいことをしよう」

「ブロワお姉ちゃんを仲間はずれにするの！　ブロワお姉ちゃんは家族じゃないの！」

言いたいことはわかるしいい子に育ったと思うのだが、この場合はブロワを放っておいてあげたほうがいいのではないだろうか。

幸福そうにしている彼女の邪魔はしたくない。

「私たちだけ仲良くしていたら、きっと傷つくよ！」

「確かに……」

夢はいつか醒めるものだ。

俺がぼけっとしている間にレインとブロワが仲良くしているのなら、俺は特に気にすることはないだろう。むしろほほえましく思うはずだ。

だがブロワだったらどうだろうか、俺とレインだけが親子らしいことをしていたら疎外感を感じてしまうかもしれない。

「恋人っぽいことをしてあげて！」

「できる気がしない」

この間も思ったが、やれと言われてできるほど経験がない。だがそれでもなんとかしなければなるまい。

良くも悪くも、俺とブロワは似た者同士。俺がしてほしいことをすれば、きっと大丈夫なはずだ。

つまり、強引にぐいぐい行く。主導権をゆだねるのではなく、俺が主導する。雰囲気に流されるのではなく、自分で作るのだ。

まあレインに頼まれている時点で主導権も何もありはしない気もするが、それはそれである。

「なあブロワ」

呆《ほう》けているブロワに近づき、その手を取った。

「せっかくの新婚旅行なんだから、もっと愛し合わないか?」

「あ……ああ!」

俺に手を取られていることに気付いて、あわてて振り払おうとするブロワ。

実に乙女チックだが、ここで振り払われてはいけない。強引に行くと決めたのだから、この手は離さない。

文章としては何もおかしくないのだが、無駄に壮大な感じがする。新婚旅行中に、お嫁さんの手を取っているだけなのに。

「さ、サンスイ……」

うっとりしているブロワ。幸い、全力で手を振りほどかれるということはなかった。その場合は、逆に俺が傷ついていた可能性もある。

「パパ……男らしい」

レイン的にもよろしかったようだ。一家全員が喜ぶ展開になっているらしい。

問題があるとすれば、次どうすればいいのか誰にもわからないということだ。

「なあブロワ」

「な、なんだ！」

「次、どうしようか」

強引に行ったものだから、座礁してしまった。一種の膠着状態である。

「わ、私は、このままでもいいような気がするぞ、うん」

「そうか、それならいいんだが」

「良くないよ！」

ブロワはずっと上機嫌だがレインは不機嫌、なかなか難しい状況になってしまった。というよりも、ずっとこんな感じである。

「パパ！　ほら、なにかないの!?」

「ないなあ」

欲求があんまりないので、こういう時困ってしまう。

とはいえ、仙人になる以前の俺でも、ブロワのようになっていただけなのかもしれない。

何でもかんでも仙人になったことのせいにしてはいけない。

「じゃあパパ！　ブロワお姉ちゃんにキスして！」

業を煮やしたレインが、刺激的なことを言い出した。いい塩梅の行動が思いつかないので、極端な例を挙げただけなのかもしれない。

「キスぅうう!?」

当たり前だが、俺はそんなにうろたえなかった。だがブロワは、淑女にあるまじき奇声を上げていた。

服はいいものを着ているのに、所作にエレガントさがない。だがしかし、それは決して見苦しいものではなかった。正直に言って、好ましく思えたのだ。

俺は彼女と一緒に護衛の仕事をしてきた。だからこそうろたえている彼女を見ると、もう気を張る必要がなくなったんだなあと嬉しく思ってしまう。

「ま、待ってくれレイン！　今そんなことをしたら！　私は恥ずかしくて死んでしまう！」

「ええ～？　そういうことを言っている時ほどしてほしいって、お嬢様が言ってたよ？」

「お、お嬢様のおっしゃっていることも間違いではない！　実際に、してほしいとも思っている！　というか憧れている！　だ、だが……だが！　まだちょっと早いんじゃないだろうか」

二人とも盛り上がっているので楽しそうだとは思うが、俺はやりたくない。

レインのことをバカにするわけではないが、幼い少女に要請されたからキスをするというのは、俺の中に残っているわずかな男子としての誇りに傷がついてしまう。

「こういうことはだな……というか、その……サンスイが、ちょっと、怖いというか……」

いろいろ極まりすぎて、感情の収拾がつかなくなっているのだろう。そういうことがまだわからないレインに対して、説明ができなくなっている。

「すまん、サンスイ……ちょっとこの馬車から出てくれ……お前と一緒にいると思うと、胸が苦しくて、苦しすぎることになりそうだ……」

語彙《ごい》も崩壊しているブロワ。この場にお嬢様がいたら、楽しげな顔をしていただろう。

「み、見ないでくれ……こんなカッコ悪いところを、お前に見てほしくない。ちょっと頭を冷やすから……」

「ああ、わかった。レイン、俺はちょっと御者さんと話をしてくるから、ブロワと一緒にいてやってくれ」

レインは不満そうだが、さすがにブロワが興奮しすぎているので、無言で受け入れてくれた。

実際、ブロワも人生で初めて自分の感情を持て余しているので、なんで自分がこんなことになっているのか、自分でもわかっていないのだろう。

そうなれば、少し時間も必要に違いない。

「さてと……どうも」

「いやはや、大変ですなあ……」

ソペードの馬車を運転するのは、お馴染みのご年配の御者さんである。彼も思うところがあるのか、馬車の中の騒ぎに目を潤ませていた。

この御者さんも、俺達のことをよく知っている分、胸に来るものがあったのだろう。考えてみれば、この人とも結構な付き合いであるし。

「ですが、皆が楽しそうで何よりです。ええ、そう思います」

「……そうですね」

皆洒落にならないぐらい、お嬢様のせいで我慢していたのだなあ、と改めてお嬢様の存在感の強さを思い知る。

もう俺達はあえて危険地帯を横切るとか、山賊を狼の餌にするとか、そんなことをしなくていいのだ。

「できれば……レイン様の妹御や弟御も、この馬車に乗せたいですなあ」

「ははは……それじゃあ急がないと駄目ですね」

「ええ……本当に、人の一生などあっという間ですから」

なかなか深いことをおっしゃる御者さん。俺なんぞよりも、ずっと人生経験が豊富である。

馬車の中からは、相変わらず新婚旅行的な状況に耐えられず悶絶しているブロワと、それを見てちょっと不満そうにしているレインの気配が漏れていた。俺に限らず、御者さんもその気を察している。それぐらいわかりやすく、二人は興奮している。

「ブロワ様も大変ですなあ、恋人と母の両方をしなければならないのですから」

「それは……まあそうかもしれないですね」

本人としては甘酸っぱい初々しい恋人関係を少しずつ詰めていきたいのに、レインは理想の夫婦をしてほしいのである。その辺りは、どうしようもなく立場の差がある。

「サンスイ殿、この老骨のことはどうかお忘れになって、ご家族との時間を大事になさってください。私はこれが仕事ですので」

「ええ、お邪魔をして申し訳ありませんでした」

興味

馬車の中に戻った俺は、ブロワの隣に座っていた。多少落ち着いた彼女の手を取って、さて何を話したものかと迷っている。

俺達の正面に座っているレインは、俺に対して妙に圧力をかけていた。幼いレインには酷な話だが、彼女の一挙一動が雰囲気を台無しにしていると思う。

「そういえば……非常に今更なんだが、ブロワ」

「な……なんだ？」

「お前の実家は、どんな感じなんだ？」

本当に今更すぎて、我ながら人間性を疑ってしまう。仮にも婚約者の家に結婚の挨拶をしに行くのに、その家族構成さえ知らないのだ。

レインにとっては期待した話と違っていたのだが、また別の興味がわいたらしく文句を言ってはこなかった。

「どんなもなにも……普通の地方領主と、その一家だな」

俺の場合は四大貴族の当主様方しか知らないのだが、おそらく普通の人とそう変わらないだろう。お兄様やお父様のように、ブロワに手を出した俺を殺そうとはすまい。

「領主である父とその正妻である母、嫁入りした姉と跡取り息子の兄、それから少し年下の妹がいる。姉と兄は既に子供もいるらしいから、実際にはもう少し多いな」

淡々と話しているブロワは、婚約者が自分の家族構成を今更気にしたことを怒っていないようだった。

「私が幼かったころには、かなり貧しい領地を任されていて困窮していたらしい。だが私がお嬢様の護衛に取り立てられる時に、見返りとして今の裕福な領地に変わったのだ」

「そんなことがあったんだ……」

驚いているレイン。彼女にしてみれば、ブロワがお嬢様の護衛をしているのは当たり前の光景だったので、なにか真相を明かされた気分なのだろう。それは俺も同じなのだが。

「そんなに驚くことじゃない。確かに女の身でこうした境遇になっているのは珍しいが、男子ならよくある話だろう。それに、家族のために戦っているのはサンスイも同じだ」

ブロワはとても落ち着いて話をしていた。

「幸い私には才能もあったし、サンスイもいてくれた。こうして五体満足で満了できた今、もう笑い話のようなものだ」

家族のために頑張って、それを認められて務めを終えたブロワ。彼女はとても安堵して、今は力が抜けているようだった。

「とにかく、私の家のことで問題はないんだ。跡取りは兄で決まっているし、私はお前に嫁ぐんだし、面倒なことなんて起こりようがない」

領地経営も後継者問題も解決している、だから気楽な帰省なのだと彼女は笑っていた。

実家がものすごく貧乏だとか、財産だとか地位だとかをめぐって骨肉の争いが起きているのなら、そもそも家に帰りたいと思わないしな。

「ねえねえ、ブロワお姉ちゃん。私、嫌がられたりしない？」

「そんなに心配しなくても大丈夫だ、レイン。レインはいい子だし、手紙でも伝えているから、知らない子扱いされることはない」

養子であることを気にしているのか、不安そうなレイン。それを安心させるブロワだが、俺はまた別の疑問を今更抱いていた。

「なあブロワ。お前の家族は、俺達のことをどれぐらい知っているんだ？」

俺とレインは、お世辞にも普通ではない。俺の場合は五百年以上生きているし、レインの場合は滅びた帝国の皇族最後の生き残りである。

もちろん俺が五百年生きているといっても、この世界に干渉することになったのはここ五年程度なので、それこそ師匠と顔見知りである八種神宝《ヤクサノカンダカラ》以外とは因縁などない。

レインの場合も、既に危ない橋は渡り終えている。将来、レインの娘や孫が、お隣の国へ嫁入りないし婿入りするという予定があるだけなのだ。

しかしそれはそれとして、ブロワの両親に教えていいのか、予め知らされているのかは聞いていなかった。我ながら、本当に雑な男である。

「先代様と当主様から、既に連絡が行っているはずだぞ。おおよそすべて、伝えるべきことは伝えているはずだ」

それはそれですごい話だな。相手が本家だろうと権力者だろうと、そうそう信じられるものではないと思う。別に信じてほしいわけではないが、疑われるのもそれはそれで嫌だな。

「ねえ、ブロワお姉ちゃん。パパとの結婚を、どう思っているのかな？」

レインは嫌がられないとしても、俺が嫌がられる可能性はけっこうある。見るからに貧相な外国人だし、出自もはっきりしないので嫌われても不思議ではない。

「うむ……私の両親は……たまにしか会わないし手紙でやり取りをしている程度なのだが、先代様に言わせると……『鷹を生むトンビ』らしい」

すごい表現もあったものだ。褒めているのか馬鹿にしているのかわからない。

「つまりこう言っては何だが……私の両親は『普通の貴族』だ。ソペードの当主が全面的にサンスイを保証している以上、なにも気にせず喜ぶだろう」

なんか俗っぽい話だが、権力者の決定に反する気骨はないということだろう。

というか、俺達ってお互いどれだけ相手に興味がなかったんだろう。改めて自分が嫌になった。

エッケザックスなどの神宝から師匠の話を聞くたびに、なんで師匠は五百年も一緒にいた俺へ何も話してくれなかったのかと思っていたが、俺だって五年も一緒にいた相手に興味を持っていなかったのだなあ。

「そ、そんなことよりもだな、サンスイ！　お前、空腹ではないか⁉」

何かを思い出したかのように、ブロワが提案してきた。

「……空腹……空腹……」

五百年ぶりに食事をしないかと誘われた。

俺は五年間ソペードに仕官しているのに、一度も食事をしていないし、誰からもその辺りのことを尋ねられたことがない。

こっちとしてはありがたかったのだが、誰もが俺に興味を持たなすぎだったのではないだろうか。

普通に考えて、五年間一度も食事をしない人間など想像できなかったのだろうが。

「まあここ五百年ぐらいなにも食べてないが……」

「そうだろう！　ではだな、私がその……サンドイッチを準備してきたのだ！」

「お〜〜！」

ブロワの発言に対して、レインのテンションが上がっていた。そうか、ブロワが俺のためにサンドイッチを……。

確かに嬉しいのだが、そこまで盛り上がることができない。

おかしいなあ、五百年前、この世界に来た時はまさにこういう展開をこそ望んでいて、実際に結構嬉しいのに、レインやブロワほど喜べていない。

自分でもわかっていたが、枯れすぎだろう。この状況なんだから、もうちょっと喜んでテンションを上げてもいいだろうに。

もうちょっと前世で頑張るべきだったなあと思うと、どうしようもなくやるせない。

仙人の修行をする前に、もう少し俗世を楽しむべきだったのではないだろうか。

「パパ、嬉しくて泣いているの?」

「さ、サンスイ!? そんなに喜んでくれたのか!? お前が泣くなんて、よっぽど嬉しいのだな!」

これがジェネレーションギャップか……。実際にはセンチュリーギャップが存在するので、これも当然かもしれない。五百年前の人間って、普通に異星人みたいなもんだしな。

異世界に転生してから五百年経過して、ようやく現地の人とのギャップを実感するとは。

正直自分が情けない。

「いや、改めてペラペラの浅い人生だったんだなあと思って……いや、嬉しいよ。みんなで一緒に食べよう」

少なくとも、五百年前の俺はこれをやりたかったのだ。祭我ほど数をそろえたかったわけではないが、それなりに長い付き合いのある女性と恋愛関係へ発展して、手料理を食べる。そんな恋人のいない若者の妄想を実現するのに、五百年も素振りをする必要があり、その後に五年間意地悪な貴族に奉公しなければならないのだ。費用対効果的にどうなのだろうか。修行を始める前の俺に向かってエールを送るとしたら、なんと言えばいいのだろうか。

今の俺は結構幸せなのだが、これを本当に心の底から望んでいた昔の俺は、そんなに苦労してまでこれがしたかったのだろうか。昔の自分が哀れすぎて、涙がこぼれている。

「そ、そうだな！　さあこれを！」

そう言って、ブロワは俺にサンドイッチを手渡してきた。植物の茎を乾燥させたバスケット的なものから、ふんわりとしたサンドイッチが出てきた。

五百年ぶりに触る、食パンの感触。耳は切り落とされており、ふんわりとした触感が指に刺激を与えていた。すごいな、絶食して五百年経過すると、サンドイッチを指でつまむだけで衝撃が脳を駆け巡るぞ。柔らかいパン生地の奥には硬い葉菜の手応えもあった。これは、キャベツとかレタスだろうか？

「……サンスイ、サンドイッチを触っただけでそんなに感動しないでくれ」

「ああ、すまん……」

感動が顔に出ていたのか、ブロワは少々焦《じ》れていた。

確かにサンドイッチの食感ではなく触感で感動する人間は、見ていて不気味だろう。

しかし、よく考えてみるとこの世界で初めての食事が、婚約者の作ったサンドイッチなのだ。

これは五百年前の俺だったらもうちょっと感動してリアクションをするところだろう。

そして二人はそれを期待しているに違いない。もう帰ってこない青春が、今の二人を包んでいるんだなあ。

強さと引き換えに捨てたものを噛みしめながら、俺はサンドイッチを食べようとして……。

「ダメだよ、ブロワお姉ちゃん！　そこはこう、あ～んをしないと！」

「そ、そうだった！」

恋人っぽいことを提案するレインだが、サンドイッチはあんまりそれに向いていないような気がする。というか、今俺がつかんでいるサンドイッチは、結構大きい。一口サイズの大きさに切らないと、その行為はちょっと難しい気がするな。

ただ完全に無理というわけではないし、その辺りに野暮なことを言うのはどうかとも思う。

「そうだな、それじゃあ食べさせてくれるか？」

「あ、あああああ！　ああ！　ああ！　任せろ！」

お嬢様のいないところだと、ブロワはこんなに愉快な子なんだなあ。

そう思いながら、俺はサンドイッチをブロワに渡していた。

緊張で手が震えているブロワは、ものすごい荒い呼吸のままで俺の口元へサンドイッチを運んでいく。

「ブロワお姉ちゃん、頑張って！」

「ふ、ふふふ！　この程度、造作もない！」

レインも頑張ってるし、ブロワも頑張っている。ものすごい全力で青春だった。

ブロワもそうだけど、レインも大変だったんだなあ……。

なんか、御者台で御者さんが泣いている気配がしてくる。ちゃんと前を見て運転していただきたい。

「あ～ん、と私が言ったら口を開けろ、あ～んと言ったらだぞ!?」

「そうだよ、パパ！　ブロワお姉ちゃんのサンドイッチを受け止めて！」

可愛いなあ、俺の娘も婚約者も。

五百年前の俺だったら祭我のハーレムと見比べて『五百年努力してもこんなもんかよ』とか失礼なことを言い出しそうだが、今の俺は幸せだった。

二人を見ながら、涙を切って口を開ける。

「だ、駄目だレイン……すまないが……目を閉じてくれ！」

「わ、分かったよ！」

「さ、サンスイ、お前も目を閉じてくれ！」

「ああ、わかった……」

「ダメだ、私も目を閉じる……！」

もはや、『あ～ん』という言葉さえ言えなくなったブロワが、俺の頬にサンドイッチを押し付けてくる。

なんだ、この二人羽織みたいなコントは。古典的すぎて逆に新しいぞ。

こうなるとサンドイッチで良かったなあ。もしもスープ系だったら、相当悲惨である。

「ど、どうだ！」

「そこは頬なんだが」

「な、なにい⁉　じゃあこっちか⁉」

「そこはずれてるぞ、耳の下だ」

「あああああ！　あああああ！」

「ブロワお姉ちゃん、頑張って！」

しかし、ブロワが目を閉じているのだから、俺は目を開けてもいいのではないだろうか。

レインはともかく、俺は律義に目を閉じている意味はあるのだろうか。

でもまあ……もうちょっと付き合うべきだろうとは、俺も思っていたわけで。

一泊

「このままではいかん！」

特別急いでいるわけではなく、車中泊をする必要がないので、俺達は街道沿いの旅館で宿泊することになっていた。

もちろん、旅館というかホテルである。要人が宿泊するための、豪華なお宿だった。

よく考えたらブロワだって地方領主の娘だし、レインに至っては皇族の生き残りである。そういう意味では、分不相応なのは俺だけだった。

とはいえ、こういうホテルに宿泊することも初めてではないし、俺だってこれからは貴族なのでこういうところを利用していいのだろう。

「私は勝負をかけるぞ！」

もちろん、ドレスコード的には俺の格好はアウトである。

しかしさすがはソペード領地でのソペード当主。既にお兄様やお父様が宿泊予定のホテルに根回ししているらしく、俺の格好についても誰も文句はなかった。

というか、俺の名前や格好がソペード領内では有名らしい。周囲からの視線が痛かったが、大量に人を斬っていることで有名な剣士が近くにいれば、誰だって思わず見てしまうだろう。

「この時のために、勝負下着を準備してきたのだからな！」

ソペードの切り札、童顔の剣聖。小柄で黒目に黒髪、着流しに草履、という格好のまま過ごしているのも、ある意味ではそのためである。

お兄様やお父様、お嬢様は俺に目立ってほしいため、今まで通りの格好をさせていたのだ。

もちろん、俺に不満などあるわけもない。

「ふふん、お前の澄ました顔を赤らめてやるぞ、ドギマギするのはお前のほうだ！」

「ブロワお姉ちゃん、毛布にくるまったまま叫んでたら、せっかくの勝負下着が見えないよ」

とまあ、とにかく結構なお部屋で宿泊をすることになったのだが、当然のようにベッドは結構な大きさのものが一つあるだけだった。

ダブルベッド、キングサイズ。まあ二人三人で寝る用である。

「ブロワ、他の人の迷惑になるかもしれないから、静かにしよう。その格好が無理なら他のにしよう」

「ううう……優しくするな……」

悩殺する覚悟で勝負下着を着たブロワは恥ずかしさに耐えきれず、毛布にくるまっていた。

どうしてこう、ブロワは美味しいキャラになってしまったのだろうか。今までは結構真面目な女騎士だったのに、いきなりラノベの萌えキャラのようになっている。

昔が懐かしいなあ、こういうヒロインいたなあ、という思いが心を駆け巡るが、リアルに遭遇するとすごい困る。

おかしい、ブロワは俺と一緒にお嬢様の護衛をしていた凄腕の天才剣士だったのに。なんでこんなことになったのか俺にはわからない。

ある意味、はめをはずしているというか、我慢しなくてよくなったからなのかもしれない。

「お前だって、別に経験豊富というわけでもないだろう。それは私だってよく知っていることだ。お前はあの森の中で五百年過ごしていたのだろう？　なのになんで……」

「こんなことを言ったら怒るかもしれないが、お前が過剰反応しているんで、逆に冷静になってしまうんだ」

ブロワが何を考えているのかなど、それこそ童貞でもわかる。

これでわからないのは、鈍感とかそういう問題ではあるまい。多分動物じゃないな。

とにかく、ブロワは俺とイチャイチャしたいが、羞恥心があるので上手く甘えることができないのだ。

その辺りは、乙女心というしかない。もちろん、乙女心のある年頃の女性が、みんなこう振る舞うわけではないと思うが。

「俺は行動としてはお前と仲良くしたいと思うし、お前とイチャイチャしたいとも思っている。だからあんまり行動に緊張や羞恥が現れないだけというか……」

「それはずるいぞ……」

ずるいと言われても困る。

むしろ、ブロワが極端に反応しすぎているだけのような気がする。

実質的に新婚旅行のようなものだが、だとしても昂揚しすぎではないだろうか。

「というか、少々厳しいことを言うとだな、お前いくら何でも緊張しすぎじゃないか？　多分お前と同じ境遇の女性を百人連れてきても、似たようなことをするのはお前だけだぞ」

「パパ、それはとっても厳しいよ」

「仕方ないだろう、お前が普段通りすぎて逆に混乱するんだ。というか、お前だけ一方的に私に優しくしてくるから、いけないいんだ！」

じゃあどうしろってんだよ。

本当にそう思う。というか、さすがにレインも困っていた。

これ以上どう気を使えばいいのだろうか。ちょっとレインと相談しよう。

「ちょっとレイン、こっちに来てくれ」

「うん、パパ。ちょっと作戦会議だよ！」

多分、方針が間違っているのだ。俺もレインも、彼女への接し方が間違っているのだろう。

「どうしよう、今回の旅行で妹か弟ができるってお友達と話してたのに！」

「おい、レイン。パパはちょっとお前の交友関係が心配になってきたぞ、友達の年齢と名前を後で教えてくれ」

「だ、駄目だよ！　パパを怒らせたら、晒《さら》し首なんでしょ!?　私のお友達を晒し首にしないで！」

娘の交友関係が心配になったのだが、よく考えたら俺の仕事関係のほうが問題だった。

そうか、レインは俺の仕事のせいで苦労していたのか。確かに親しい友達の父親が、命令とはいえ大量の首を斬り落として並べたと聞いたら怖いだろう。しかもレインは、それが真実だと知っているわけで。

普段から気配は感じているので、特に虐められているということはないと思う。それに俺が言うのもどうかと思うが、王家さえ恐れぬソペードの我儘姫のお気に入りを虐める度胸なんて大抵の奴にはないだろう。

俺の場合も同様で、『や〜い、お前の父ちゃん人殺し〜〜』が、『お前の父ちゃんが、何百人も殺して首を斬って並べて飾ってたぞ……』だからな。茶化そうとしたら周りが必死で止めるだろう。クラス全体連帯責任で晒し首になりかねないし。

一人殺せば人殺しだが、百人殺せば英雄を地で行く俺であった。結局、やってることは人殺しだもんなあ。

「分かった、そっちのことはしばらく置いておくとして……」

戦闘から離れて旅行にくると、いろいろと自分の駄目な部分を直視することになった。

これはこれでいい経験だと思うのだが、そんなことよりもブロワである。

俺はブロワを幸せにすると約束しているのだ、このままではいけない。

「ブロワがここまで純情な乙女だとは思ってもいなかった。旅行で舞い上がっているようだしな」

「ムードが悪いとか、シチュエーションが悪いとかなんだね……」

この場合は悪いのではなく、彼女にとって良すぎるということだろう。途中経過を一切挟まずに、意中の同僚と新婚旅行だもんな。俺もアレぐらい喜べれば、きっと人生が楽しいと思うのだが。

「パパ……ここはもっとぐいぐい強引に行くんだよ！」

「なぜそうなる」

「だって、ブロワお姉ちゃんはパパのことが好きなんでしょう？　だったら大丈夫だよ！　そのまま行けるよ！」

本気で娘の交友関係が心配になってきた。

まさに幼稚な理屈である。彼女の尊厳を踏みにじるような真似は、俺にはできない。

「彼に強引に迫られて、そのまま求められて、っていうのがいいって先生が言ってた！」

「お前には保健体育はまだ早いと思うが……そうなるとお前が起きている間には無理だし、そもそも俺側の問題にもなるからなあ……」

五百年前はバカな学生であり、祭我のような立場に憧れた俺である。

ここから何をするのか忘れた、ということはない。そもそも、五百年間森で過ごしたので、動物の交尾なんて気配で感じ続けていたし。さすがに猿はいなかったが……いや、本題から外れてるな。とにかく、立ち上がらない俺の部位の都合もあって、強引に迫ってもレインの妹や弟は完成しないだろう。

それにそれをブロワが喜んでくれるかどうか、そこがまったく保証されていないし。

「俺に主人公補正がなかったら、ただの強姦だしな」

「？」

「とにかく、レインはもう寝なさい。ブロワのことはパパに任せて、ね？」

「今夜はお楽しみだね！」

「ああ、うん。そうなるといいな」

お嬢様がいたら楽しんでくれただろうけども、お嬢様いないからなあ。

とにかく、レインだけはベッドに寝かせて、俺とブロワは部屋を移動する。

最高級のホテルだけあって、寝室以外にも部屋は準備されているのだ。

「それにしても……そんな格好をしていたら、呼吸苦しいだろう」

「……そうでもない」

軽身功《けいしんこう》で浮かせて持ち運び、ソファーの上に座らせると、毛布の中からぴょこりと首だけ出してきた。

灯りのある部屋なので、彼女の赤い顔はよく見える。

「レインに、失望されてしまっただろうか……」

「失望はともかく、驚いてはいたと思うぞ。俺もびっくりだ」

「そうだな……私もびっくりだ」

オシャレな格好をして、馬車に乗って両親の元へ行く道中。

手作りのサンドイッチを恋人に食べてもらい、手をつないだりする。

宿泊地の豪華なベッドで、子供が寝た時間に派手な下着を見せてドキドキさせて……。

そのまま二人はベッドイン……。

これは一種の王道なのだろう。一切面白い要素がなく、傍から見ていても何一つとして目新しいものがなく、しかし実際にやるのであればこれぐらいしたいのだろう。

「今日は、散々だ……」

涙ぐむブロワ。

そりゃあ泣きたくもなるだろう、このまま旅行を続けないといけないんだし。

ブロワが素面に戻っても、やっぱり今までの醜態を見ているレインや俺と同じ馬車に乗って移動しないといけないわけで。

「お前は結局いつも通りだし……いや、優しいけど……嬉しいけど……」

「そうかそうか……俺が悪かったよ、ごめんなブロワ。もっと大人の付き合いがしたかったたんだよな」

ソファーの上で体育座りをして、膝を抱えているブロワ。

その彼女の隣に座っている俺は、彼女の肩に手を回して引き寄せた。

俺は背が低いので格好はつかないが、それでもなんとか彼女を俺のほうに傾けることができた。

「～～～」

「嫌なら手を放す……いや、違うな。嫌だと言っても、手を離さないぞ」

「そ、そうか……じゃあしょうがないな……」

「そうそう、俺が悪い、俺が悪い。だからこのままだ、いいな」

「あ、ああ……も、もうちょっと強引にだな、もうょっとだけ踏み込んでくれ」

「注文多いなあ、お前……どれだけ夢見てたんだよ」

俺は、肩に回していた手を腰に回して、そのまま更に密着させていた。

相変わらず、俺の体格は五百年前のままで、ブロワのほうはこの五年で大分大きくなっていた。

「大人になったな、というか……うん、女になったな、ブロワ。いい女だ」

「そ、そうか！　そうか、私は……いい女か！」

「もちろんお世辞だ。ここ五年で、俺も多少は……俗になったんだよ」

軽身功でブロワを浮かせて、そのままブロワの姿勢を変える。

毛布がはだけたため、派手で挑発的な下着が見える。恥じらうブロワに隙を与えず、俺は彼女を抱き寄せていた。

多分トオンだったらこうするだろう。そのシミュレートが俺に大胆な行動を許していた。

ソファーに座ったままの俺に、浮かされているブロワは正面から抱きつく体勢になっていた。

「お前は昔からいい男だ。もちろん、お世辞じゃない。ひいき目だ」

どうやらトオンっぽく振る舞うことは成功だったみたいだ。

ブロワは顔を赤らめたまま、無重力状態のまま、長い髪を浮かび上がらせたまま、目を閉じていた。

その後何がどうなったのか、語るのは野暮天である。

×　×　×

「パパ、ブロワお姉ちゃん！　私はもうお姉ちゃんになった!?」

翌朝、馬車の中で興奮気味のレインがブロワに質問攻めをしていた。

オシャレな服を着て、一晩それなりに踏み込んで、さあ仕切り直しだと思っていたら娘が興味津々すぎた。

「弟、妹、どっちができたの!?」

今まで彼女の周りに妊婦がいなかったからなのか、そもそもまともな保健体育を習っていないからなのか、夫婦が仲良くしたらそのまま赤ちゃんができると思っているらしい。

正しい知識があったらそれはそれで問題なので、とりあえず俺は濁している。

でもブロワは昨晩の思い出を人に語りたくないらしく、真っ赤な顔を両手で隠している。

にもかかわらず、レインはそのままぐいぐい押していく。ちょっとは空気を読みなさい、というのは五歳児には酷だろう。今まで散々読んでいたんだし。

「もう止めてくれ、レイン……」

「ねえ、ねえ！　もう名前は決めた!?　妹だったら名前決めていい？」

「いや、その……」

「もしかして弟なの!?　男の子なの!?」

そうやってぐいぐい押していくレイン。果たして頭をひっぱたいてでも止めるべきなのだろうか。そう思っていたとき、俺はある可能性に行き着いた。

「なあレイン、お嬢様から何か言われてないか？」

「うん！　旅行中にあったことを日記に書いて、あとでご報告するの！」

その言葉を聞いて、俺はレインも字が書けるようになったのか、と現実逃避するしかなく、ブロワは自決を検討し始めていた。

執着

男装の麗人、風の魔法使いブロワ。本名、ブロワ・ウィン。

あのドゥーウェ・ソペードが護衛として認めた最初の一人であり、あの白黒山水が信を置く、魔法と剣の天才である。

およそ、この世界では最高水準の実力者であり、若年の身ではあるが武門の名家であるソペードの前当主が娘の護衛として認めるほどの実力者である。

「お前達。ソペードの当主様と隠居なさっている先代様からのお手紙をいただいたので、その内容をこの場の、ウィン家の者には伝えようと思う」

その彼女の父、センプ・ウィン。領主を任されている彼は、当然ソペードの当主であるドゥーウェの兄から、多くの情報を与えられていた。

もちろん公言することは許されない機密ではあるが、ブロワの母、姉、兄、妹には伝えることが許可されていた。

その辺りは、ソペードの価値観であり一線である。

つまりは、筋を通すという単純な話である。ブロワの家族にはブロワの結婚相手のことをちゃんと説明する、という当たり前のことだ。

それは実の両親に無断で結婚を許した謝罪の意味も込められているし、その秘密を守れるという信頼の証でもあった。

「ドゥーウェ様の護衛を務めているブロワが、婚約し引退することになった。相手はブロワと同じお嬢様の護衛であるシロクロ・サンスイ、養子のレインともそのまま繋がりを維持することになるらしい」

というよりは、ただ黙っていればいいだけの秘密を守れないような相手には、そもそも土地など任せられるわけもない、ということでもあった。

「お前達も聞いているだろうが、シロクロ・サンスイはソペード家の切り札と呼ばれるほどの実力者であり、ソペードの前当主様からの信も厚い。今回の婚約に関して、ご当主様は相応の爵位を準備なさるそうだ」

実際、センプ・ウィンはもたらされた情報を極めて単純に受け取っていた。内容を理解した上で、今回の婚約を喜んでいたのだ。

「また、サンスイは希少魔法である仙術の使い手であり、その特異な効果によって不老長寿を得ている。見た目こそ年若いが、実際にはアルカナ王国の建国以前から生きているらしい」

信じがたい情報も多かった。実際不老長寿と聞いて、事前に聞かされていた妻はともかく、子供たちは真偽を疑っていた。

「また、我が家と親戚関係になるレインは、ドミノ帝国の皇族の最後の生存者であり、彼女の子供や孫はドミノ共和国の最高権力者の元へ嫁ぐことが決まっているそうだ」

だが、そんなことをブロワの両親はまったく気にしない。

なぜなら、ソペードの当主や前当主がそう言うのだから、真偽を疑う意味がない。仮に嘘だったとしても、この家には何の問題も起きないからだ。

それはソペードの傘下としては極めて正しい考え方である。そして両親は建前としてではなく、本心からそう考えていた。

「これで我が家は安泰だ！」

この一言に、センプ・ウィンの結論と人柄は集約されている。とんでもない重大情報がもたらされたのに、結論はものすごく小さかった。

「ええ、本当にいい縁談だこと。ブロワは本当に孝行娘ねえ」

そんな夫の言葉を、妻であるケット・ウィンは全肯定していた。夫と同じ考えにしか至らず、そこから先のことにはまったく考えが及ばない。

不老長寿の仙人とか、帝国最後の皇族とか、そんな人物と縁続きになるのに『偉い人とつながりが強くなった』としか思っていなかった。

もちろん、それは一般的な貴族にとって非常に重要なことではあるのだが、それしか考えていないのは娘や息子には驚愕だった。

「ち、父上！　それで本当によいのですか!?」

「何がだ、良い縁談であろう。ヒータよ、これよりも良い条件をお前は用意できるのか？」

皇族の生き残りであると『保証』されている、隣国の最高指導者と縁続きになることが『確定』している娘を取り込める好機であるのに、その辺りのことをまったく考えていない父に驚愕していた。第二子であり、跡取り息子であるヒータ・ウィンは父親に叫んでいた。

「確かにこの上ない条件です！　ですが、ブロワは嫁入りするのでしょう？　これでは肝心の娘、皇族の娘が外の親戚扱いになってしまいます！　こちらへ婿に来てもらうことはできないのですか!?」

ウィン家の第三子にして次女である『ブロワ・ウィン』が、シロクロ・ブロワだかブロワ・シロクロになってはせっかくの縁が薄くなってしまう。

元より血の繋がりがないとしても、レイン・ウィンとレイン・シロクロでは周囲からの扱いはまるで違うのだ。

「そんなことを言って、向こうの機嫌を損ねたらどうするのだ！」

センプの言葉は、ある意味もっともで訂正の余地がなかった。

確かにソペードの決定したことに、傘下でしかないウィン家の者が口を挟むことはおかしい。

だが交渉せずに押し付けられた結論に従うのは、ヒータにすればどう考えても無能だった。

「ブロワもいい歳だ、これを逃せば次があるのかさえ分からん！　それにソペードがこの土地を任せてくださっているのも、ブロワの奉公あってこそ！　そのブロワの縁談に口を挟むとは、お前はブロワに恩義を感じていないのか！」

「それは、そうですが……」

「今の我らの暮らしがあるのは、すべて、才能あふれるブロワのおかげなのだ！」

その情けなくもきっちりとした言葉に、母親は頷いている。実際、父親の対応こそブロワの望む姿であろう。

だが次期当主であるヒータはウィン家がより一層の発展をするために、ここはリスクを承知で交渉するべきだと思っていた。

「しかし、父上……」

「黙れ！　これはソペードの当主様がお決めになったことであり、同時に家長である私が決めたことだ！　逆らうことは許さん！」

しかし、当代の当主はヒータの意見を全面却下していた。

粘ればもっといい条件になるかもしれないが、そんなことよりも今の暮らしを守らなければならない。

そんな凡庸さが、ヒータを否定していた。それはそれで間違っていないので、異議申し立てをすることもできなかった。

「とにかく、これからブロワが婚約者とその養子を連れて帰ってくる。無礼は断じて許さんぞ！」

せっかくの吉報に対して、立場をわきまえないことを言う息子に怒りながら、父親は去っていった。

その後を母親が追い、子供たちだけが残っている。

「お兄様、馬鹿ねえ。お父様たちにそんなこと言ったら、怒られるに決まっているじゃないの」

末の妹である少女、ライヤ・ウィンは兄を笑っていた。

確かに両親の対応は馬鹿すぎるが、そんな馬鹿に向かって馬鹿という兄の阿呆さがおかしかったのだ。

「黙れ、ライヤ！　今言わねばならないことなのだ！　俺が家を継いだ後ではどうにもならないことだぞ！」

「馬鹿なお兄様。あのソペードの当主様たちの決定したことに、お父様風情が欲張っても頑張っても、結果は見えているじゃない」

確かにライヤとしても、ここまで能天気な両親には呆れてしまう。

しかしその一方で、全面的に従うという判断は間違っていないとも思っている。確かに両親は無能な対応をしているが、無能なりに正しい対応をしているとも言える。

はっきり言って、器量相応、地位相応の考え方なのだ。心の底から信じ込み疑問を持っていないことはともかく、世渡り方法としては悪くない。

「クソ……俺があと一年早く当主になっていれば……！」

「本当に馬鹿なお兄様ね。四大貴族のご当主様から見れば、お兄様もお父様もそんなに変わらないわよ」

ライヤの言葉も正しい。たかがウィン家の次期当主でしかないヒータが実際に当主になったとしても、娘の護衛を完遂してくれてこれから寿退社するブロワのほうが可愛いに決まっている。ウィン家の利益しか考えていないヒータの意見など、誰も聞きはしないだろう。

「大体お父様を相手に丸め込めないお兄様が、ソペードの当主様に太刀打ちできるわけないじゃない」

「……！」

ライヤも確かにどうかとは思う。しかし、決まったものは仕方がない。

自分に発言権がないと知っているライヤは、決まったことの中で自分にできる最善を探ろうとしていた。

喧嘩や口答えなんて、それこそバカな男のすることである。どちらかといえば、父の対応のほうが賢い。

今回ブロワが連れてくる婚約者と仲良くなり、コネを作ってウィン家よりもいい家に嫁ぐ。

それが彼女の現在の狙いだった。

そこから先は、姉夫婦と仲良くなってから考えればいいことである。

「それにしても、私はブロワお姉様には会ったことがないのよね。さすがに五年以上前に家を出た人のことなんてさっぱりだし……シェットお姉様はその辺りご存知かしら、教えてくださらない？」

ライヤは長姉であるシェット・ウィンに訊ねていた。

なにせ当時のライヤは四歳程度、その頃に才気を見出された姉のことなどまるで分からない。向こうだってよく知らないだろう。

もちろん年齢を重ねて変化はあったと思うが、それでも昔のエピソードを聞くことができれば、それは話のタネになるだろう。

「……シェットお姉様？」

「どうした、姉さん」

ブロワの兄と妹は、自分の姉が微動だにしていないことに気付いた。

既に嫁ぎ、数人の子供を産んでいる彼女は衝撃を受けていたのだ。

「童顔の剣聖が希少魔法の使い手……不老長寿？」

シェット、ヒータ、ブロワ、ライヤ。

この四人はなにがしかの才覚を備え、それをソペードの当主も認めている。

それは両親にまるでないものであり、故に彼らは『鷹を生むトンビ』と呼ばれていた。

しかし、容姿はしっかりと受け継いでいる。つまり、貴族として美しい彼らの母の、その容貌は全員が引き継いでいた。

しかし……年齢相応に肌の衰えている母同様に、美しかったシェットも衰えを感じ始めていたわけで……。

「あの、子供が、何百年も生きている!?」

非常に、大変に、ものすごく今更ではあるのだが。

白黒山水が自分の年齢を明かさなかったことは、言っても信じてもらえないであろうということと同様に、信じられた場合に騒動を招きかねないからだった。

「いったいどうやって……!」

永遠の若さ、永遠の命。それは人間にとって普遍的な欲望であった。

見た目が成長期である山水が、五年間まったく容姿に変化がないことは、不老長寿の信憑性《しんぴょうせい》としては十分であり……。

「まずいわね、シェットお姉様がうかつなことをしかねないわ。お兄様、今からお義兄様に連絡をするべきじゃないの?」

「……そうだな、すぐ引き取ってもらうか」

そのトラブルが起きることは、むしろ遅すぎたぐらいなのだろう。

「若返りの秘術、それを教わることができれば……!」

視線

「ここがお前の実家の領地か。なかなか栄えているじゃないか」

「そうだね～王都とかソペードほどじゃないけど」

「そうだな、良きところを回してもらったからな」

のんびりトコトコ馬車の旅ではあったが、当然国内旅行なので到着する時は早いものである。

俺達三人は、迎えの護衛に守られながら町を進んでいた。馬車の外の風景や、或いは周囲の気配は比較的普通に感じられる。どうやらレインもそう思っているようだった。

「ただ、いつにも増して視線を集めているな。何か目立つことでもあるのか？　お嬢様が乗ってるわけじゃないのに」

「当然だろう、この馬車はソペードの家紋入りだ。この街では珍しいだろう」

なるほど、考えてみれば当然だ。今までは馬車に視線が集まっていても、お嬢様への視線だと思っていた。

だが、実際のところは馬車のほうに視線を集めていたのだな。誰が乗っているのかはともかく、ソペード本家の馬車が護送されていれば当然だろう。

「しかし、その、なんだ……やはり、両親にお前を紹介するのは勇気がいるな」

「うん、まあそうだろうが……そう硬くなるな。別にご両親との関係が悪いわけでもないんだろう？」

そう言って、俺は隣に座るブロワの手を取り握っていた。不安になることはない、と優しく握ってやると、そのままブロワは顔を背けながら握られるままになっていた。

それを見てレインが目を輝かせている。これもお嬢様に伝えられてしまうかもしれないが、それもまあ二人とも喜んでいるからいいことだ、と思うことにしよう。

「そ、そうだな……私の両親は私達のことを祝福してくれるはずだ」

「皆様、そろそろお屋敷に到着いたしますぞ」

御者さんが俺に伝えてくれた。確かに周囲から人の気配が消えて、数が減っていく。そして、明らかにこちらを歓迎している気配、こちらへ意識を向けている気配へと馬車が近づいていく。

「……すごいな、お前のお父さんとお母さん。ものすごく単純な気配だぞ」

もう、顔を見る前から、彼らの反応が瞼に浮かぶようだった。

亡国の姫君とか何百年も生きている仙人とかが親戚になるのに、心中に一切複雑なものがなかった。

「ようこそ、サンスイ殿！　我が屋敷へよく来てくださった！」

「お帰りなさい、ブロワ！　よく帰ってきたわね！」

馬車から降りた俺達を迎えたのは、ブロワの親として納得できる顔のよく似たご両親だった。

俺とレインのように、どう見ても親子ではない、という不自然さは一切ない。

その一方で、あり得ないほどの能天気さには一種の不安と、面倒なことが省略されている安堵を同時に感じた。

ここまで諸手を挙げて歓迎されるとそれはそれで怖いが、じゃあどう対応してほしかったのかと言われても具体例が出せない身ではある。

俺がどう思うかよりも、ご両親が喜んでくれていることを素直に喜ぶことにした。ブロワだって、ご両親に祝福してもらうほうがいいに決まっているし。

「さあさあ、どうぞこちらへ」

とにかく歓迎された俺達は、屋敷の中に入っていく。当然だが、使用人の面々は緊張感がすごかった。とてもではないが、娘とその婚約者を迎えている雰囲気ではない。執事やメイドの顔は明らかに引きつっており、何とか笑顔を保っているが冷や汗もすごいことになっていた。

おそらくこのご両親が、俺とレインに粗相をするなときつく言い含めていたのだろう。あまりにもわかりやすい対応であるが、実際何も間違っていない。これも給料分だと思ってもらうしかない、要人を迎えるとはつまりそういうことであり、要人が訪れる屋敷に勤めるということはそういうことなのだ。

「今日はまず、この婚約を家族で祝うべく、嫁いだ娘を含めて家族全員を集めています。内々での顔合わせということですな」

「安心してね、ブロワ。皆が貴女の婚約を喜んでいるわ」

そりゃあそうだろう、と納得する。ブロワも散々言っていたが、この婚約に一切悪いところはない。

彼らは今後、『お隣の国の最高権力者と縁続きだ』と国内の貴族に自慢できる。たとえ血がつながっていなくとも、ただの事実としてそうなる。喜ばないとしても、嫉妬されて羨ましがられるのだ。

「明日からは、少々面倒なことになってしまいますが、それも親戚づきあいと思ってお付き合いいただきたい」

「近隣から貴族を集めて大きなパーティーを開きますの。社交界にはあまり連れ歩かれなかった貴方には窮屈と思いますけど、ほんの一時です。堪《こら》えてくださいね？」

俺がそういうパーティーを好んでいないことを、二人は察してくれたらしい。

たしかに愉快ではないが、実際にただ一時我慢すればいいだけである。そこまで世俗へ拒否感や嫌悪感があるわけではない。

少なくとも、ソペードの本家のほうから命じられたように、首をはねて晒し首にするよりは大分平和的である。俗物ではあっても奸物《かんぶつ》ではないし、ただ見栄を張りたいだけなのだ。お嬢様に比べれば大分控えめであるし、付き合うこともやぶさかではない。

いいや、それは少々以上に捻《ひね》くれた考えだ。上から目線にもほどがある、修行が足りない。

「本当に貴女は孝行娘だわ、ブロワ」

「そうだぞ、お前のおかげで何もかもが上手くいっている。本当に感謝しているんだ」

大事なことは、ブロワとそのご両親の関係が良好だということと……。

「あの、よろしくお願いします！」

「ああ、君がレインちゃんだね？　私はブロワの父だ。今後は私のことを祖父と思ってくれ」

「私のことも、祖母と思ってちょうだいね？」

レインが受け入れられているということだ。変に有能で、妙な野心を持っているよりはずっといい。俺自身取り繕うのが上手でもないし、とにかく喜ぼう。それが双方にとって良いことだ。

「短い滞在になると思いますが、よろしくお願いします。お義父さん、お義母さん」

ブロワのご両親は友好的に手を伸ばしてくれている。それに対してこちらも歩み寄るのが礼儀というものだろう。

「……ハハハ！　ではこちらへ！」

「ええ、新しい家族を迎えるのを、皆楽しみにしているのよ？」

俺の態度を見て、ご両親は内心安堵したようだった。

実際、俺の対応がとても好ましいものだったのだろう。俺を先導して、お二人は屋敷の中を進んでいく。その足取りはとても軽やかだった。

「ねえパパ、ブロワお姉ちゃんのパパとママは、優しいね」

「ああ、そうだな」

俺の格好を見ても、変な潔癖さや狭量さは見せなかった。

俺の姿が有名であることもさることながら、特に拒否感もないのだろう。

利益で前が見えなくなっている、ということは考えないでおく。

「ふぅ……」

実際、ブロワも大分安堵していた。そりゃそうだ、直接会わないと反応も何もわからないからな。

お互い愛想よくしているし、遥か格上の方々の決定の下で行動しているので、悪くなるわけもないが、それでも不測の事態は起きるものであるし。

口では大丈夫と言っていても、心のどこかで不安に思っていたのだろう。

「さあ、これが私の家族です！」

「本当は孫も呼びたかったのですけど、さすがに今日のところは娘と息子だけですわ。もちろん、レインちゃんは例外ですけど」

とまあ、ここまでは拍子抜けするほど、調子よくとんとん拍子で話が進んでいた。

だから、その女性からの異様な視線には困惑した。この場にいるご両親以外の視線が、その女性に集まっていた。

ブロワの兄らしき青年も、ブロワの妹らしき幼女も、ブロワ本人もレインさえも、もちろん俺もその人に目が釘付けだ。

「……」

すごい目力を感じる。こっちを呪い殺さんばかりの視線が俺に突き刺さっている。

無言で、無表情で、目だけが異様に血走って俺を見ている。

「では紹介しましょう、一番上の子のシェットです」

「もう嫁いだ身ですが、孫の顔も見せてくれた孝行娘ですわ」

「……」

ご両親だけはその雰囲気にまるで気付かず、無言で俺を見ているシェットというお嬢さんを自慢げに紹介していた。

顔だけ見れば、いや雰囲気だけを抜きにすれば、美しい貴婦人であろう彼女は、今は血走った目で俺を見ていた。

「どうもはじめまして、シェット様。私は白黒山水、こちらは娘のレインと申します。今回歴史あるこちらの家のお嬢様と婚約ができるということで、舞い上がっています」

俺は勇気を持って前に進み、礼をした。その挙動を見て、誰もが俺に感服している。両親以外は。

そんな俺を見て、ブロワのお姉さんは……。

「……！」

あろうことかレースの手袋を脱いで、素手で俺の頬を触っていた。明らかに、貴族のご婦人のすることではない。

そしてその感触に衝撃を受けたのか、目により一層の力が宿る。これ以上あったのか、という目力が宿っていた。

「五百歳……五百年……この肌……!?」

これは、アレだろうか。

ものすごい今更ながら、俺が不老長寿であることに衝撃を受けているのだろうか。

確かに肌は潤っているとは思うが、それでも衝撃を受けすぎではないだろうか。

「シェットお姉様ばかりずるいわ！　私のことも紹介してくださいな、お父様、お母様！」

異様な空気を変えるかのように、ブロワの妹が俺へ抱きついてきた。

子供じみた振る舞いとは裏腹に、その表情はとても緊張していた。多分、彼女としては問題を起こさないための必死のフォローなのだろう。

「はっはっは！　はしたないぞ、ライヤ！　サンスイ殿が困っているではないか」

妹よりややぎこちないものの、お兄さんも俺に話しかけてくる。気さくな感じを装いながら、俺へ握手を求めてきた。

「私はヒータ、ブロワの兄だ。そこの少々無礼な妹はライヤだ、武名高き貴殿に会えて興奮し

ているのであろう、許してほしい」

「いえいえ、お恥ずかしい限りです」

ごく自然に、俺はブロワのお姉さんのそばから離脱して、お兄さんと握手をする。

表情を柔らかくしてみるが、俺もお兄さんも一切気が抜けていない。

「……赤ん坊のような、瑞々《みずみず》しい肌……」

人生で初めて受ける種類の嫉妬を感じながら、俺はなんとか切り抜けようと話題をずらす。

忘我で感触を反芻《はんすう》しているお姉さんとは目を合わせないようにする。

「聞けば、貴殿はカプト領地で隣国の最高権力者にお会いしたそうじゃないか。私は彼のことを知りたくてね。よければ後で教えてほしい」

「ああ、お兄様ずるいわ！　私も聞きたいのに！」

小芝居を挟んで、なんとか切り抜けようとする俺達。

そんな三人を見て……。

「おやおや、あんまり困らせてはいけないよ」

「そうよ、長旅でお疲れなんですから」

空気を読めない、を通り越して現状認識能力に問題があるらしいブロワのご両親は、ヒータお兄さんとライヤちゃんをいさめていた。

違うんです、俺達を困らせているのはシェットお姉様なんです。気付いてください、そしてできれば退席させてください。正直、目力が恐ろしすぎる。

「シェットお姉様……？」

「若い、ぴちぴちの肌……」

昔の記憶と違いすぎる己の姉に困惑しているブロワに、レインは涙をこらえながらしがみついていた。

そうだよ、なんか怖いんだよ、この人！

×　×　×

「ソペードの御本家と比べるとさすがに貧相でしょうけど、当家も精いっぱいの歓待をさせていただきますわ」

「至らぬところがあったら何でも言ってほしい」

和やかな雰囲気を作りつつ、俺達は晩餐会を開くことになっていた。

もちろん、晩餐会ということは食事をすることになる。一応、テーブルマナーそのものは既にソペードで仕込まれており、食事の『フリ』はしたことがある。

食事自体もここに来るまでの道中でしているし、そもそもスプーンもフォークも使ったことがないわけではないのでどうにかなっていた。

「……」

しかし、シェットお姉さんの圧力で、テーブルマナーどころの騒ぎではなかった。

ご両親以外の全員が、一番上のシェットお姉さんに怯《おび》えている。

「ご、ゴホン！　サンスイ殿、聞けば貴殿やブロワは、ドミノで国主となったフウシ・ウキョウ様にお会いしたことがあるとか」

「はい、とはいっても本当にわずかな時間お会いしただけですが」

「私もそうですね、所詮護衛の身ですから……バトラブの方々は深くお話ができたと伺っています」

話題を作ろうとするお兄さんに、俺も乗っかっていた。確かに、隣国のお話というのは興味深いだろう。

俺は右京の護衛をしていたトオンから聞いた話を披露することにした。

「私はマジャン王国の王子や次期バトラブの当主にも剣術の指導を行っているのですが、そのお二人がちょうど右京様とお話をされたそうです」

「ほほう、どのようなお方でしたか？」

「国を一身に背負う、責任感にあふれた方だったそうです。何が何でも生きねばならない、という強い意志を持っている方だそうです」

まあそれは、聖杯エリクサーの所持者として当然のことではあるらしいが。

少なくとも俺には、そうした強烈な意志はない。加えて、国家なんて大それたものを背負う気概もない。そういう意味では、彼のほうがよほど強いのだろう。

「一国を攻め落とすほどの気概を持った方だけに、とても苛烈だったとも伺っております」

「そうですか……年齢はとてもお若いと聞いていますが？」

「ブロワより少し年上という程度ですね。国王という意味では……とてもお若いかと存じます」

「……そうか、そんなに」

話題をそらしたかっただけではなく、実際に興味もあったのだろう。

確かに、一国一城の主を地で行く彼だ。アルカナ王国と違ってほとんど独裁政権だというし、次期地方領主から見れば憧れだろう。

「お義兄様、ソペードの当主様がおっしゃるには、ウキョウ様は戦争をためらわない果断さと、引き際を心得た器量の持ち主だそうです。和平のためとあれば、自ら死地に臨むことも辞さない方と伺っております」

「……そうか、ご当主様が」

見方によっては、戦争を吹っかけておきながら負けそうになったら即頭を下げる臆病者と罵られるだろう。とはいえ、相手が爆撃機じみた魔法使いでは、さっさと諦めるしかあるまい。英断、という他ないだろう。

「サンスイ様やお姉様は、遠くの国の王子様ともお知り合いなのですね？　私はそちらのほうに興味がありますわ！」

ライヤちゃんが話を途切れさせまいとしていた。俺も右京のことよりはトオンのことのほうが詳しい。なのでそちらへ話を変えようとして……。

「サンスイさん」

再び口を開いたシェットお姉さんによって話を区切られた。その迫力は、有無を言わせぬ勢いがあり、何もかもを断ち切っていた。

「失礼ですが、サンスイさんは仙人として五百年ほど生きていらっしゃるとか」

「え、ええ……」

「私は、以前に貴方をお見かけしました。遠くから見ただけなので貴方も覚えていらっしゃらないでしょうが、まだ貴方がドゥーウェ様の護衛に就いて間もないころです」

五百年ほど生きている、という言葉を信じるには、それなりに根拠が必要だろう。

ご両親にしてみれば本当だろうが嘘だろうが、どっちでもいいに違いない。

だが昔俺のことを見かけたというシェットお姉さんにしてみれば、それはもう大問題なのだろう。なにせ、俺の見た目は完全に子供である。四～五年経過しているのであれば、レインやブロワのように大きく変化しているのが当たり前だ。お嬢様をはじめとして、ずっと一緒にいるとあんまり気にならなかったようだが、五百年生きているという事前情報を聞いた上で俺と向き合った彼女には、思うところがあるらしい。

「妹と一緒にドゥーウェ様をお守りしている子供、と聞いていたのですが……五百年も生きている方だとは思いませんでした」

「はっはっは！　いやはや、まったくですな！」

「ええ、その若さの秘訣を教えてほしいぐらいだわ」

まだ空気が和やかだと思っているご両親、その純朴さが今は恐ろしい。

お母さんは冗談めいて若さの秘訣を聞いているが、シェットお姉さんは呪い殺しそうな目力でこっちの一挙一動を観察している。

「若さの秘訣、と申しましても……我ら仙人は、仙気を宿す希少魔法の使い手です。私達の成長や老化の一切が停止しているのは、仙術を学ぶ過程で自然に到達することなのです。何か特別な術を発動させているわけではありません」

俺自身、五百年前のことなんで記憶があいまいだが、老いないための努力などしたことがない。

強いて言えば、仙術の修行というか剣術の修行をしていたら、自然にこのままになっていたのだ。不老長寿が『自然』かと言えば否なのだが。

「魔力ではなく仙気を宿すものであれば、深い森や人里離れた高山で過ごすうちに自ずと自然の気と一体化し、寿命の鎖から解き放たれるのです」

自分で言ってて思うのだが、妖しい宗教そのものである。だが事実なので仕方がない。

「こうして美味しい食事をいただいている身では説得力もないでしょうが、人との縁を断ち切って一切の飲食も行わずに過ごし続けることによって、こうして山を下りて森を出ても、時が止まったように見えるのですよ」

「ほほう、では若返らせる術が使えるわけではないと？」

「ええ、その通りです」

結論を出そうとしたお兄さんに、俺は全力で乗っかっていった。

そうなのである、俺は他人を若返らせる力などまったくない。師匠ならそういう術が使えるのかもしれないが、生憎《あいにく》と習っていない。加えて、習うとしても膨大な時間を必要とするだろう。彼女が生きている間には確実に覚えられない。

そもそも仙人というのは歳をとらないのだから、若返る術とか若返らせる術とかは、習得の必要性も薄いだろう。

「あら、残念ねえ」

「いやいや、お前は今でも十分綺麗だよ！　昔よりも色気が増しているぞ」

「あらあら、若い子の前で恥ずかしいわあ」

幸せそうなご両親に対して、シェットお姉さんは睨み殺しそうな視線を俺に送り続けている。

レインなんて今にもおしっこを漏らしそうだった。

「レイン、もしかして具合が悪いのか？」

俺はそこで閃いた。そう、レインの体調が悪いとなれば、この食事会もお開きになる。

「えっと、大丈夫だよ、パパ……」

「いやいや、顔が真っ青だ。どうやら長旅の疲れが出てしまったようですね、申し訳ありませんが、娘を退出させたいのですが……」

俺の提案に、シェットお姉さん以外の全員が同意する。

事実としてレインの体調が悪いのだから、それで食事会を中止しても誰も咎《とが》めまい。

「確かにそれは一大事だ」

「まあ大変！」

俺達へ普通に気を使っているご両親は、常識的な反応だった。

そもそも、俺達は既に婚約が確定している。ここで妙に焦った対応をしても、無駄に嫌われるだけなのだ。そりゃあレインの体調を気にするだろう。もしもなにかあったら、俺も嫌だがこの家にとっても死活問題だ。

「お父様！　こうなれば大事をとって法術使いを呼びましょう！」

「私もそう思うわ、お父様！　もしもの事があったら大変だもの！　食事会は中止ね！」

皆の心が一つになって、この食事会が中止になった。

ありがとうレイン、お前は孝行娘だよ。あと、ごめん。

姉妹

「なあブロワ。お前のお姉さんはなんか精神的に不安定すぎやしないか？」

医療に特化した法術使いに診断してもらい、心労ですと言われたレインを寝かせた俺達は、来賓用の部屋でそんな話をしていた。

はっきり言って、執着が異常すぎる。確かに不老長寿は年頃の女性にとって魅力的だろうが、程度というものがあるはずだ。明らかに、彼女の執着は振り切れている。

「おかしい……昔のお姉様は、あんなではなかった……」

「そりゃあ五年以上前の話だからな、記憶も美化されてるんだろう。それに五年もたてば十分な変化をするだろうし……」

自分で言ってて悲しくなってくる。

だとしたら、ブロワに何を言ってもむなしいだけだった。

「多分、肌年齢を気にしているんだとは思うが……ほぼ確実に生活習慣が原因だな。改善すれば大分肌の調子も良くなると思うが」

「具体的には？」

「規則正しい就寝時間と、栄養バランスの取れた食生活。具体的には早寝早起き、適度な運動。

肉を食べ過ぎず酒を飲み過ぎず、葉菜を多めに……。あとは、ストレスかなあ」

人間という生き物の体は、薬を飲んだり塗ったり注射したくらいでは調子が良くなることはない。

そんなささやかな投薬よりも、日頃の生活習慣が体に現れるのだ。要するに、不摂生ということであり、修行が足りないということである。もちろん、それが難しいこともわかっている。

「それは、貴族として無理だろう」

「そうだな、それはそう思う。なので諦めてもらう他ない」

それこそ、それ専用の希少魔法を探すほうが手っ取り早いと思う。

あるのかなあ、他人の体調を管理する希少魔法。あったらさぞ珍重されるに違いない。

「とにかく、お前のお姉さんの気持ちはわからないでもない。が……ちょっと苛烈すぎる気もするな」

「そうだな、なぜああも……」

領民の生娘を攫《さら》って血を抜いて、バスタブを満たして肌を余計悪化させそうな生活をしているのかもしれない。そんな迫力が彼女からは感じられた。この世界でここまで不老に反応されたのは初めてである。

「嫁いでいるんだろう？　向こうで上手くいっていないのかもな」

「そうだな……それとなく確認してみるか。あんなお姉様の姿は見るに堪《た》えない」

「と、俺達の話はここまでにするか。そこの子にも聞いてみよう、入ってきてくれ」

俺は扉の向こうで息を潜めていた、ブロワの妹に声をかけた。

どうやら情報提供してくれるらしい。

「……本当にあっさりバレちゃった。さすがに国一番の剣士ね、私が隠れてもお見通しか」

ブロワの妹である彼女は、大分幼いように見えた。さすがにレインよりは年上だが、それでも俺の見た目よりも子供である。

その割に、表情には悪戯心と知性が窺える。しかもそれを、あえて晒していることも、なんとなく察しがついた。

「ブロワお姉様とサンスイお兄様には、ちょっと忠告しに来たの。ヒータお兄様とシェットお姉様には、極力関わらないでほしいのよね」

なにやら思うところがあるのか、ませたところのある少女は俺達に手を出すなと言ってきた。

まあ出すべきではないのなら、正直関わりたくない相手ではある。ただ、お姉さんはともかく、お兄さんにも関わるなとはこれ如何に。

「だって、お兄様もお姉様も、ブロワお姉様のことが嫌いだもの」

末の妹の発言は、なかなか過激だった。

少なくとも、ブロワにとってはとても衝撃的だった。俺だって、それなりに硬直している。

しかし、ライヤちゃんの言葉は含むところがなさそうに聞こえた。少なくとも彼女は、一切嘘を言っていない。

「長くこの家を離れていたお姉様には、その辺りのことがわからないんでしょうね。ああ、もちろんお父様もお母様も、その辺りのことは気付いていないけど」

「な、なぜだ!? 私がお嬢様のところで護衛をしていたからこそ、この家は良い領地を回してもらったのだろう!? なぜ私が嫌われる!?」

「だから、よ。だから二人はブロワお姉様のことが嫌いなの」

よくわからん理屈だった。少なくとも、顔を見せていないのにどうやって嫌われるのか、俺にはわからない。

「シェットお姉様は、昔からたいそう美しくて、社交界では注目の的だったそうよ。顔も良かったけど、所作に気品があったそうね。だからお姉様はとても良い人と結婚できた。ヒータお兄様は昔から聡明で、領地の次期当主として期待されていたそうよ。これは家族からの欲目ではなく、ソペードのご当主様の意見でもあるから、ほぼ確実なんでしょうね」

戦うことしかわからない俺とブロワだが、目の前のライヤが年齢不相応の賢さを持っていることはわかる。

「そして、ブロワお姉様は風の魔法と剣の天才。その腕を見込まれて、ソペードの御本家のお嬢様の護衛となった。その時ちょうど都合よく、この領地を治める貴族に、看過できないほどの汚職が発覚した。だから、ウィン家は配置換えによって栄転したのよ。それがお兄様やお姉様にとって、どんな意味があったと思う？」

「喜んで、くれなかったのか？」

「喜んだわよ、私もお母様もお父様も。私は物心ついた時からお姉様の献身の恩恵を受けていたし、お母様やお父様に裏表なんて大したものがあると思うの？　お兄様とお姉様が、変にこじらせているだけよ」

ライヤは語る。美しい一番上の姉と、賢い兄がどうなったのか。

「当たり前だけど、シェットお姉様が結婚した相手は『当時のウィン家』が望める一番の相手だったわ。それはそうよね、いくら美しいといっても、結婚できる家の格には限度がある。そしてブロワお姉様が才能を見出されたのは、既にシェットお姉様が子供を産んだ後だった」

そこまで聞いて、ようやく理解できた。どうやらブロワも、その意味が理解できたらしい。

しかし、それはいくら何でも八つ当たりではないだろうか？

「そうよ、ブロワお姉様のおかげで我が家の格は上がった。相対的に、シェットお姉様の結婚相手の家の格が下がったのよ。もちろん、それはシェットお姉様が嫁ぎ先で発言権を確保したということだし、相手の家からは好印象を受けたでしょうね。でも、シェットお姉様はそう思えなかった。もっと早くに家が成り上がっていれば、自分は……と思ったのよ」

「そんな……」

「もう一度言うけど、はっきり言って癇癪《かんしゃく》もいいところだから気にしないで。それに加えてシェットお姉様は最近お肌が曲がり角で、唯一の取り柄が失われていくことに恐怖しているのよ。どんなに美しくても、新しい、若い女性にはかなわない。いつまでも社交界の中心でいたい、自分だけが注目されるべきだと思っているシェットお姉様にはさぞつらいでしょうね」

呆れていた。一番若い、幼い娘は自分の姉に呆れ返っていた。

「美しい、気品がある、隣にいると誇らしい、優越感が得られる。そんな女の価値は、もちろん高い。でも、それは一時だけ。花の命は短い、そうでしょうサンスイお兄様」

「否定はしないが、人は花ではない。また別のものだ」

「そうかもしれないわね。でもまあ、今更のように慌てているシェットお姉様はずれていると思わない？　自分が美しければそれでいい、なんて時期はとっくに終わっている。今のシェットお姉様に求められているのは、母として子供を育てることよ。それが分かっていなくて、いつまでも過去の栄光に縋《すが》り付こうとしている。滑稽だわ」

自虐に近かったのかもしれない。

末の妹は、同じ女として姉を軽蔑し、それが自分の親族であることを嘆いていた。小ばかにしているのは、そう振る舞わないとやっていられないからかもしれない。彼女は彼女で辛そうだった。

「それじゃあ、ヒータお兄様はどうなのだ？　なぜ私を嫌う？」

「それはもっと簡単よ。ヒータお兄様は平凡以下のお父様から領地を引き継いだら、自分が領地をもり立てるつもりだった。実際、それができるだけの才覚があったのかもしれないわね。でも、自分の努力とはまったく無関係なところで、その問題は解決してしまった」

妹の手柄によって、貧しい領地から優良な領地への栄転。それがヒータお兄さんにとっては嫌なことだったのか。

「子供扱いで、領主の跡取りとしての仕事を一切させてもらえなかった昔のお兄様。そのお兄様よりもさらに幼かったブロワお姉様のおかげで、家の暮らしも一気に良くなったのよ？　その上ここの領民たちも、過剰に私腹を肥やしていた領主から、凡庸であっても汚職をしないお父様のことを歓迎した。これで、妹であるブロワお姉様になんの劣等感も抱かないと思う？」

理解はできるが、納得はできない。逆恨みというか、やっかみというか、言いがかりだった。

それを聞かされて、ブロワはとても辛そうだった。自分が頑張っているから家族がいい暮らしをしていて幸せになっていると思っていたのに、実際にはいい暮らしをしていた上で自分を嫌っていたのだ。

「お兄様は焦っているのよ。自分の妹はこの国では最上級の武力を持つ者として、最高に近い評価と地位を得て、そのまま『引退』しようとしている。にもかかわらず、自分は未だに次期当主のまま。なまじ頭がいい分、思うところが沢山あるのでしょうね」

憎まれているわけではないし、怒っているわけではないし、恨まれているわけでもない。

ただ、嫌われている。

「言っておくけど、お兄様が何かをするまでもなく、現時点で既にこの領地は安泰よ。普通に運営していれば、それで十分税収が見込める。とはいっても、お兄様はお父様の執政に不満があるようだけど」

シェットお姉さんと違って、ヒータお兄さんはなんだか哀れだった。

誰も悪くないのに、ひたすらみじめな思いをしている。

「まあお兄様が執政を行うようになっても、正直そんなに変わらないのよ。ここは条件がいいから成功しても当たり前。お兄様がどんなに頑張っても、周囲から高い評価を得ることはできない。お兄様の人生はそれで終わり、そこから先に何かが起きることなんてない。お兄様は世に名を残すことなく一地方領主として死ぬの」

そう言って、俺を見ていた。

「貴方と違ってね、サンスイお兄様」

「そう言われてもな……」

「噂になっても伝説になっても、その語り手が全員死んでも生き続ける貴方にしてみれば、大したことには思えないのかもしれないわね」

ただの事実として、俺の師匠も二千年ほど前には最強の剣士として知られていた。

しかし、その存在をこの時代まで伝えていたのは、テンペラの里ぐらいだったという。

この国の歴史に名を残しても、それは俺達にとって大したことではない。この国が滅びて、皆が俺のことを忘れても、俺は師匠と一緒に修行しているだろう。

「でも、お兄様にとっては死活問題だったわ。妹であるブロワお姉様は己の才覚で立身出世した。だからこそ、自分はその上を行かねばならないと思っているの」

それは、残酷な話だった。

「お兄様は唯一の男子であり、それ故に一切揉《も》めることもなくこの家を継ぐ。だからこそ、この領地から離れられない。せめてもう一人上に兄弟がいれば、王家やソペードで評価されることもあったでしょうに」

ここに祭我がいたら、正蔵がいたら、どう思うだろうか。

少なくとも一時代に大きく名を売り、国家から特務を帯びる切り札である彼らはどう思うだろうか。

だがそれは、ブロワには関係のないことだ。

「そこまでにしてほしい」

俺はライヤちゃんを止めた。

「気持ちはわかるが、もしもそんな言いがかりでブロワを傷つけるのであれば、その時はブロワの実兄や実姉でも容赦はしない。それだけだ。それに、実の妹である君も……それなりに気を使ってほしい」

「あらあら、妬《や》けちゃうわ。お姉様、貴女のことはこの国の歴史に残るでしょうね、ソペードの切り札、その伴侶としてね。女として嫉妬するわ」

なんか、ねちっこいようで清々しい振る舞いだな。

どうやら、この子は本当に、この子なりに気を使ってここに来たらしい。

「お兄様はあれで結構理性的な人だし、非もない相手に当たり散らすほど落ちぶれていないわ。自分の行く末まで読んでなくて、未来への希望も抱いているしね。見返してやるって、できもしない競争心でぶつかってくる程度よ。でも問題は……もう言うまでもないほどに、シェットお姉様よ。正直、手に余るわ」

そうだな、全面的に同意する。

「一応聞くけど、本当にないのね？　若返る魔法って」

「あるかもしれないが、俺は使えない」

「そう……あったら困るから、そういうことにしておいて。キリがなさそうだもの」

この子は、俺以上に見た目としぐさが不相応だった。この子実は転生者かなんかじゃないか？　中身は女の子じゃなくて他の誰かだったりしないだろうか。

もしくは彼女こそが若返ったお婆さんだとか。

「というか、こういうふうに迫られたのって、お姉様が初めてなの？」

「ああ、シェットお姉様が初めてだ。おそらく……サンスイの周囲のほとんどの者が、若さや永遠の命に興味がないからだろう。ご当主様も先代様も、ありていに言って不老長寿よりも先にサンスイ自身を知っていたからな。ある種の畏敬があったのだろう。それに、学園長先生ももう老いを受け入れていたからな……」

「そう……羨ましい話だわ、お姉様たちは頂点とばかり関わっていたのね」

そう言って卑屈に笑うライヤ。

確かに、俺が頂点以外で深く関わったといえば、あの亡命貴族であるヌリやハリぐらいだろう。他の面々は才能や実力が認められる、この国でも頂点と言える者たちだった。そして彼らはライヤが関わってきた面々のような鬱憤を溜めてはいなかった。もちろん、頂点には頂点の不満や不快さがあったのだろうが。

「とにかく……シェットお姉様に関しては、私もヒータお兄様も細心の注意を払うわ。できるだけお父様やお母様の前以外で、シェットお姉様に会わないようにしてね。今のお姉様は、正直普段より……酷いわ」

アレはもう完全にホラーである。仙人である俺が言うのもどうかと思うが、この世界で初めて出会った怪物だった。特殊メイク不要なレベルで、そのまま主演女優になれそうだった。それぐらいの迫力が目に宿っていた。

もし夜中にあの目で見つめられたら、恐怖で斬り殺してしまいそうだった。もちろん、修行を積んだ俺にはあり得ないことだが。でも例えばランがあの目で見られたら、怯えて殴ってしまうだろうな。その場合、俺は彼女を咎《とが》めることができない。

「一応、明日になればお姉様の旦那さんであるお義兄様も来るから、その人に全部押し付けましょう。それまではなるべくこの部屋を出ないように……それから」

利発なブロワの妹は、自分の姉に対して少しうらやましそうな顔をしながら訊ねた。

「ねえ、ブロワお姉様、いつも仕事ご苦労様。貴女のおかげで、私もいい暮らしができているのよ。やっぱり、ドゥーウェお嬢様のお世話って大変？」

「……そうだな、とても辛い。だが、お父様もお母様も……妹のお前も喜んでくれている。そのために、今日まで頑張ってきた」

「そっか……やっぱり大変なんだ。ありがとう、本当に感謝しているわ。それで、童顔の剣聖、シロクロ・サンスイはどう？　婚約できて幸せ？」

「……ああ、幸せだ」

「ふ～ん、いいな……婚約おめでとう。幸せになってね、お姉様」

そんな、ブロワが求めていたこまやかな姉妹の会話を交わして、ライヤは部屋を出て行った。

自分たちのために頑張ってくれているのに、こんな実家で申し訳ないと言わんばかりに。

茶番

「いやはや、噂にたがわぬお若い姿ですなあ」

「ええ、羨ましいことです」

「それにしても、ブロワさんもお美しい。普段は凛々しいお姿ですが、今日は華やかだ」

「普段はドゥーウェ様のお傍に控えている貴女も、今日は淑女として夫に守ってもらうわけですな」

「それにしても、これでウィン家は安泰ですな。実に羨ましい、あやかりたいものです」

「いやあ、照れますなあ……」

「今後もぜひ我が一族と懇意に……」

とまあ、中身があるようでない会話が飛び交うパーティー会場。

それはもう多くのお客様が集まって、俺やブロワを褒めたたえつつブロワのご両親に媚びを売っていた。

こういうのは今までお嬢様が受けていたものなので、正直俺は落ち着かなかった。

「……なあサンスイ、この中の誰がどのぐらい、私達のことを祝福している？」

「ブロワ、そういうことを気にしだしたらキリがないぞ。ただまあ……お前の両親も、お客さんたちも、皆喜んでるよ。それは本当だ」

「そうか……まあそうだろうな」

お姫様のようなドレスアップをしているブロワは、少々警戒していた。喜んでくれるはずの姉や兄が自分を嫌っている、という事実が効いているのだろう。とはいえ、俺はそこをちゃんと保証する。

「ご両親もあんなに自慢そうじゃないか」

「そうだな……」

「ブロワお姉ちゃん、綺麗だよ！」

「そうか……レインはいい子だなあ」

こう言うのはどうかと思うが、周囲から心にもない祝福をされているのではないかなど、気にするほうがおかしい。

立場が逆だったら、と考えてみたらいい。めったに顔を合わせない親戚の婚約披露パーティーに招待されて、心の底から祝福できるのか。自分にできないことを押し付けるのは間違っている。忙しい中でこうやって顔を出してくれて、形として祝福してくれているのだ。これ以上を求めてはいけない。

そもそもお嬢様じゃないんだから、他人から妬《ねた》まれたり羨《うらや》まれたいのか、という話になる。

ちなみに俺は無関係でいたい派だ。そもそも仙人が社交的なわけがない。

「素直に褒めてもらったと思いなよ。いいじゃないか、こういう時ぐらいは」

「そうだな……というか、お前この婚約発表の時もそんな格好なのか……」

「仕方ないだろう、これぱっかりは」

俺は未だに生地がいいだけの着流しだった。もちろんこの格好が一番楽だし、今更他の格好なんてできないが、それでも完全に周囲からは浮いている。もちろんそれは、逆に言えば目立っているということでもある。

これもキャラづくりのため、ということだろう。俺は未だに、この格好をするようにとお嬢様から命じられている。

「まあいいじゃないか。さすがに結婚式ぐらいは着流しじゃなくても許してくれると思うし、今は今で自慢しよう。こういう時ぐらい、浮かれて優越感を感じてもいいだろう」

普段、それはもう辛い目にあいながら酷使されているブロワである。

こういうお披露目パーティーでは、デカい顔をしても罰は当たるまい。

ホスト役はご両親にお任せするとして、ただちやほやされようではないか。

「ほほう、貴方が高名な『童顔の剣聖』ですか。貴方の武勇伝はこの地にも轟《とどろ》いておりますぞ」

と思っていたら、俺にも注目が集まっている。

なんか遠くから嫉妬の視線も集まっているが、愛想よく振る舞えばさほど問題ではあるまい。

どのみち、嫉妬されても仕方がない立場とも言えるのだし。

「これも、ご当主様や先代様、お嬢様の厚遇あればこそ。お三方には感謝の念が絶えません」

「いえいえ、ソペードの御本家と言えば、不当なやっかみや要らぬ不満を抱く者が多いでしょう。それを、ブロワ嬢と一緒にお二人で守り抜いたのです。その実力を疑う者はおりませんよ」

お嬢様から好んでトラブルに飛び込んでいくことが多かったので、それを思えば恨みからくる蛮行は極めて少なかった。

その辺り、説明しても仕方ないので黙っておく。

「今や、貴殿はソペードにとどまらぬ我が国の誇り。どうかその武勇伝をお聞かせ願いたい」

「ええ、その通りです。王都に並べられた敵の『首級』の話など、は少々刺激がお強いでしょうが……」

「是非お伺いしたいですな、我が国最強の剣士と恐れられる貴方のお話、実に興味深い」

と、俺の話を聞きたいと人が沢山群がってきた。

というか、ブロワのご両親もとても興味深そうにしている。

「そうですね……私は見ての通りの田舎者ですので、華やかな場ではお嬢様のお傍にいられませんでしたが、少々刺激が強い話であれば。……語りが上手というわけではありませんので、ご期待には沿えないかと思いますが」

なんというか……この人たち暇だ。

テレビもないしネットもない世界である。そりゃあさぞ暇を持て余しているだろう。

考えてみれば、ソペードの御令嬢の傍にいた俺達の話は、最高の娯楽のはずだ。

「では……カプト周辺で起きた、ドミノ共和国との騒動、の前の話でも致しましょう。ちょうど、あちらの本家の方から依頼を受けて、亡命貴族とのトラブルを解決しておりますので、話せる範囲でよろしければ」

意外なことに、多くの来賓の方は俺の話を真面目な顔で聞き始めた。

「ソペードに属する皆様は、ドミノ帝国から逃れてきた亡命貴族のことを、その醜態をさぞご存知かと思います」

こういう言い方をしていいのか、俺にはわからない。

話を盛り上げるためだとしても、『ドミノの亡命貴族』をひとくくりにしていいものなのか。俺が会っていないだけで、ひどくない人がいたかもしれないのに。

とはいえ、今では国家単位でドミノの亡命貴族は排除された。変なことを言えば、ブロワの立場も悪くなるだろう。

ここは場の空気を読んで蔑《さげす》むしかあるまい。

「噂に名高い、遠い国マジャンの王子、マジャン＝トオン。彼は我が国のカプト領地に武者修行として訪れ、その地であるがままに振る舞っていました。異国の王子である彼は、男の私が見ても見惚れるほどであり、あの厳しいドゥーウェお嬢様でさえ……これは失礼。ともかく、男子が憧れる者をすべてお持ちの、素晴らしいお方でした」

実際、あいつはとんでもなくハイスペックだったからな。

王気を宿していないことがコンプレックスみたいだったが、それもこの国に来て大分解消されているらしいし。

お嬢様はつくづく引きがいい。

「その彼に、亡命貴族の男は嫉妬を隠せなかったのでしょう。手勢をけしかけて、彼を貶《おとし》めようとしたのです。しかし、そこは一国で最強とされたほどの剣の技。希少魔法を用いるまでもなく撃退し、亡命貴族の顔へ逆に泥を塗ったのです」

女性達、或いは少女達がため息を漏らす。

彼女達の脳内では、きっと理想の男性像が描かれているのだろう。

実際にはもっといい男、身も心も最高級という、想像を超えたイケメンである。

「しかし、亡命貴族はあの手この手でかの王子を陥れようと躍起になっておりました。その状況で、トオン王子が我が国に不信感を抱くこともやむなきこと。異国の法を信じられなくなっていた彼は、ならばせめて剣の技で打倒されたい、と願いこの国最強の剣士を呼ぶように言いました」

自分で言って恥ずかしいな。自分で自分を最強って。

「そこで、私が呼ばれることになりました。お嬢様と共にカプトの領地へ赴き、あの方と刃《やいば》を交えることになったのです。トオン王子の操る希少魔法『影降ろし』も、彼自身の剣術も見事の一言。私が戦った相手の中でも……一、二を争うほどの実力者でした」

なんだか、ものすごい嫉妬の気配を感じる。しかも、複数名から。

「実体がある己の分身を生み出す彼の希少魔法は、実に見事でした。剣の達人でもある彼が使用すれば、眼前で一人の達人が無数に増えたに等しく、同時に死を恐れぬ達人のそれです。達人を死兵として意のままに操れる彼の戦いは、凡庸な魔法使いや騎士では及ぶことはありませんでした。事実として、彼を殺そうとした亡命貴族の手勢は、何人でかかっても返り討ちにあっていました」

『魔法』使いにとって、影降ろしはとても相性が悪かった。

なにせ魔法は人間一人を殺すには十分すぎるほどの殺傷能力を持つが、彼はその人間を無数に生み出せる。壁にすることも特攻をさせることも自由自在なのだ、学園長先生ほどの実力者でも間合いが近ければ相手にならないだろう。

「とはいえ、私もドゥーウェ・ソペード様の護衛であり、国一番と認められたもの。そのご期待に沿うべく微力を尽くし、トオン王子を傷つけることなく抑え込むことができました」

しかし、考えてみるとお嬢様はとんでもなく無茶な注文をしていたのだな。

だって、そんな達人を傷つけることなく倒せなんて、それこそ無茶ぶりもいいところである。

「そうなれば、当然待っていたのは呪術師を招いた裁判です。私はお嬢様の供として見学いたしましたが……やはり、呪術師とは恐ろしいものでした。彼の術もそうでしたが、顔色一つ変えずに相手を石に変えるところなど……この場で話すことは憚《はばか》られます。とはいえ、亡命貴族の取り乱しぶりも、この場では品がなさすぎて語ることはできませんが」

呪術師であるドウブ・セイブを悪《あ》し様に、恐ろしげに語ることはあまり楽しくない。

しかし、それは彼が望んでいることであろうし、この場で求められていることだとも思う。

「その裁判が終わった後に、ようやくトオン王子は己が遠方の王子であることを明かし、同時にバトラブの次期当主殿の婚約者であるマジャン＝スナエ様の兄であることが分かったのです」

それにしても、祭我は今頃ランのことを口説いているのだろうか。

正直そうしてくれたほうがいいような気もするが、狂戦士がハーレム入りって、ヤンデレどころの騒ぎじゃないような気がする。ちょっとカッとして、そのまま猟奇殺人が発生する可能性もある。

その場合、抑えられるのは祭我とツガーだけで……。

「トオン王子のその後に関しては、もうしばらくすればよい報告ができるかと思います」

何とも楽しそうに、俺の話に満足している貴族の方々。おそらく、この話をまた別のところで自慢げに話すのだろう。あるいは、俺と話したこと自体を自慢するのかもしれない。

「いやはや、信じがたいお話ですなあ」

そんな言葉を、嫉妬交じりに放った貴族がいた。ブロワのお姉さんやお兄さんよりは少し年上の、貴族としては若い部類に入る男性だった。

まあ確かに、そうそう信じられない話ではある。気持ちはわかるが、この場で口にするのは如何なものか。

「地方の貴族である私には、想像もできない世界です。是非目にしたいものですな」

失礼と無礼の間を行ったり来たりしている彼は、普通の貴族だった。少なくとも、ブロワのお姉さんほど無茶な気配は出していなかった。

ブロワや俺のような年下が、皆にちやほやされているのが気に入らないのだろう。その気持ちは大変よくわかるし、見逃してあげてもいい気はする。

でも問題は、これをレインが聞いているということと、俺達がソペード本家の直臣であるということだ。

「そうですね、自分でも信じてもらえる自信がございません。なにせ、詩など学んだこともない無知浅学の身ですので。果たしてこの拙《つたな》い言葉で、どれほど伝わったか」

「いやはや、できれば貴殿の武勇を、いつか目にしたいものです」

ソペードは武門の名家。ならば、売られたケンカは買わねばならない。要するに、目の前の軽口は見逃せないのだ。

「私の武勇伝など、首をかしげるものばかりでしょう。さぞ尾ひれがついているに違いありません」

「噂とはそういうものですからな……ご当人も赤面されることがしばしばだと？」

「実戦の場で全員の首を落としただの、名のある剣士や騎士を殺さずに倒しただの、と。目にしなければ信じられないのでは？」

自然と、俺とその軽口を叩いた貴族の間に立っていた面々が離れていく。

俺が不快そうに振る舞っている、と判断した皆が危険を感じたのだ。そういう口調でしゃべっているので、当然と言えば当然だが。

「そ、そうですな……できれば、生きているうちに、その技を目にしたいもの、です」

「私の剣を見たいとおっしゃいますが、しかしこの場は祝いの席。血で汚れるようなことは避けたいですね」

「え、ええ！　残念です」

脅しだろう、虚勢だろう、実際には大したことができないだろう、と思っている。しかし、もしも無礼打ちにされたらと、今更のように危機感を感じ始めたようだ。

「いやはや、この場にお嬢様がいらっしゃらなくてよかった。もしもお嬢様がいらっしゃったならば……いえ、勝手に意を汲み取るのは不敬ですね。では……祝いの席の余興ということで、一つお相手をしていただけませんか」

仮に、この場で彼の軽口を笑って流せば、きっと後日彼はお嬢様の怒りに触れるだろう。

なにせ、ここはソペードの領地、この場の全員がソペードの傘下。彼は自分の主が自慢している護衛の、その武勇を疑ってそれを口にしたのだ。

それは許されることではない。

「お、お戯れを！」

「ええ、戯れです」

お嬢様は、殺していい相手ならいくらでも殺させるのだ。それこそ、完全に戯れで。

「では失礼」

縮地《しゅくち》で移動し、貴族の男性の脇へ移動する。

俺が消えたことに驚く周囲が、慌てて俺に睨まれた貴族の男性を見て、その傍らに立つ俺を見つけて驚愕する一瞬を見切った。

注目を集めたことを確認してから、隣の男性の腕をつかみ軽身功《けいしんこう》で軽くして、天地逆転させながら持ち上げる。

「お、おおおおおお!?」

周囲から見れば、俺は見た目に見合わぬ怪力を発揮したようにしか見えないだろう。

実際には相手を軽くしているのだが、その辺りはわからなくて当然だった。

喰らっている本人も、まるで分かっていないだろう。

「相手を殺さずに倒す、それは意外と難事でして。私も試行錯誤しているのです」

一瞬で気絶させると、大抵の場合油断しただけだとか、相手が卑怯なことをしただけだとか、もう一度戦えば勝てるとかそんな言葉が出てくる。

実際のところは、油断することも未熟であり、相手の技を見抜けないことが未熟であり、気絶させられた相手に二度目があると思っている時点で未熟。

つまり総じて修行不足なのだが、修行が足りないから現実を認められないので仕方がない。

「何が何だかわからないうちに倒す、気絶させる、というのは悪手なのです」

視界がひっくり返り、浮かび上がった体に慌てている貴族の男性を、俺は両足から着地させて重量を戻す。ふらつくその彼に、誰もがわかるように手刀を喉に当てていた。

「こうやって誰の目にもわかるように、あえてゆっくりと敗北を伝えることが肝要なのだと最近は思うようになりました」

まさか、このまま殺すのか。誰もがそう固唾を呑むことを確認してから、再びの縮地でブロワの隣に戻る。

しばらく目を離していた者がいれば、きっと何が起きたのかまるで分からなかっただろう。

とはいえ、突然消えて、突然現れる俺を誰もが見ていた。何度も交互に、何が起きたのかを理解しようとしていた。

「戯れですので、ここまでということに」

「……お見事です」

血の気が引いている貴族の男性は、青ざめながらそう言うのがやっとだった。

何度も言うが、この程度で済んでよかったと思っていただきたい。

この場の誰もが俺の希少魔法『仙術』の一端を見て、武勇伝のすべてが嘘ではないと理解してくれたようだった。

とりあえず、誰も傷つけずに収めることはできた。この結果がお嬢様やお兄様、お父様の耳に入っても俺や貴族の方が不都合な結果になるということはあるまい。

俺の血なまぐさい印象も、多少なりとも拭えればとは思う。

俺だって、それなりには外聞を気にするのだ。少なくともあの猟奇的な行為を好き好んで行ったと思われるのはさすがに心外すぎる。

「おお……お見事ですな！」

「ええ、正に目にも留まらぬ早業でしたわ！」

ブロワの両親が手放しで褒めてくれる。その純真さに少し救われた。

正直に言って、俺に向けられた嫉妬、憎悪の視線はさっきよりも強くなっている。強さを見せびらかしていい気になっている、と思っている人が結構いた。そんな受け取り方をされても仕方がない。少なからず、そういう面はある。

「いえいえ……余興ですから。それに、少しばかり御髪が乱れてしまったり、或いは埃を舞わせてしまったかもしれません。断りなく動き、少々驚かせてしまいました。お許しください」

そんなことでいちいち腹を立てるほど、俺も狭量ではない。

大体俺がここで不愉快な顔をすれば、何のために穏当に済ませたのかわからなくなる。

「いやはや、実に見事なお手並みでした」

とても下手に出て俺を褒めているのは、シェットお姉さんの旦那さんだという方だった。

その傍らにはシェットお姉さんがいて、とても血走った目でこちらを見ているが、目以外は笑っているので多少不気味さが緩和されている。

「この国最強の剣士、その武の一端を見ることができて、とても幸せです」

「いえいえ、少々これ見よがしだったかと」

「貴方とも親戚になれるのかと思うと、鼻が高いですよ」

比較対象がひどすぎる気もしたが、彼は奥さんに比べてとてもまともな人に見えた。

レインより少し年上に見える子供たちも控えているため、夫婦仲も良好なのだろうとは思う。

「息子や娘たちも、国一番の剣士と親族になれたことを喜んでいます。ほら、ご挨拶なさい」

「「「はじめまして！」」」

俺の投げを見ていた彼らは、とても目を輝かせていた。

外見的には俺とそう歳の変わらない彼らも、俺の強さを見て憧れてくれたようである。その目は子供らしい喜びで輝いていた。

握手を求めてきたので応じる。多分、近所の子供とかに自慢するんだろう。

今更だが、有名人になってしまったようだ。まあ今一番ホットな話題は、多分首を並べたことだとは思うのだが。

晒し首のインパクトが大きすぎて困るが、元々それが目的で晒したから仕方ない。改めて自分の軽率さを呪う。晒し首とか口が裂けても言うべきではなかった。

「とても強くてびっくりしました！」

「本当にこの国で一番強いんですね！」

「私達とそんなに変わらないと思うのに、すごいです！」

大変申し訳ないが、俺は五百年ぐらい生きてる。

外見はともかく、実際には誰よりも年上である。

素直に憧れられると、罪悪感がわいた。

「ブロワとこうしてきちんと顔を合わせることは珍しいからね、今まで長くドゥーウェ様の護衛を務めてきたが、ここへきてようやく淑女として過ごすのかな？」

そんな俺に気付くことなく、シェットお姉さんの夫はブロワに話しかけていた。

「ええ、お嬢様もそれをお望みです」

ブロワは社交の場で顔を合わせていたようだが、護衛任務中のブロワとお義兄さんが長々話すのはまずいからな。ゆっくり話すのは、今が初めてのようだ。

「それで、そちらのお嬢さんがサンスイ殿の御息女かな？」

「どうも、はじめまして。レインです！」

「これはどうも、今後はよろしく」

どうにも、彼はレインの出自を知らないようである。俺にとって甥や姪たちに当たる子たちが俺の実年齢を知らないことからも、シェットお姉さんは自分の家族へ情報共有をしていないようだ。

知っている人間は少ないほうがいいし、知らなくても不都合はないので、そこはブロワのご両親やシェットお姉さんにお任せしよう。

っていうか、やっぱりまだ目が怖い。俺の肌に穴をあけそうな勢いで、シェットお姉さんは俺を凝視していた。

とはいえ、さすがにホスト側であるお義兄さんは他の招待客とも話をせねばならず、その傍を離れないシェットお姉さんも俺達から離れていった。

どうやら社交の場では、シェットお姉さんも理性を保てているらしい。正直ひと安心である。

「もう少しの辛抱だから、我慢しろ」

そんな俺を見て、ブロワが気遣ってくれた。

「……ありがとう」

夫婦らしいやり取りができた気がして、俺は少しだけ笑った。

×　×　×

俺が投げた人の挑発を除けば、つつがなくお披露目パーティーは終わった。

レインは少々疲れたようだが、さすがにシェットお姉さんの目力に晒され続けるよりはマシだったらしい。

「先ほどは、よく収めてくれました。感謝いたします」

お開きになった後にヒータお兄さんが俺へ話しかけてきたのは、正直意外だった。

俺に嫌われないように振る舞うメリットはあるとしても、俺と話し込むことに利益があるわけがない。

とはいえ、俺は俺で、彼と話さない理由があるわけでもない。

「いえいえ、所詮剣しか取り柄のない男の荒いやり方です。気を悪くされたでしょう」

「そうおっしゃらないでください、彼の言葉はソペード本家を侮辱したものでした。貴方があして抑えてくれなければ、どうなっていたか」

感謝していることは本当だ。その一方で、彼の言動に共感もしていた。

そして、どうやら俺と込み入った話をしたそうでもあった。

「ブロワ、済まないが……義弟になる人と話をしたい。少し借りるぞ」

「……はい、お兄様」

少し躊躇しつつも、ブロワはそれを許してくれていた。

できれば兄とも仲良くしたい、という想いがあるのだろう。

できるだけ彼女の気持ちに応えたいとは思いながら、お兄さんの部屋で、二人きりで向き合う。

「貴方とはこうして、胸襟《きょうきん》を開いて話がしたかった。夜が弱いと聞いていたので、こうして早々と連れ込んでしまって申し訳ない」

「そうかしこまらなくても結構です。所詮は一介の護衛でしかなく、将来何かの役職に就くわけでもない。貴方と違って、ただの剣士ですよ」

俺はただ強いだけの剣士でしかない。

将来何か特別な仕事へ就かせてもらうと約束されているわけではないし、これといって部下もいない。

発言権があると勘違いされてもいるが、発言権があるのならランのことはとっくに殺している。

国一番の剣士、といってもただそれだけなのだ。本来、羨まれるべきではない。

「私の凶行もご存知でしょう。もちろん、彼らは殺されて当然の輩でしたし、お嬢様の命令に従ったまでではあります。ですが……やはり私は、他人を傷つけることしかできない」

謙遜ではなく、事実を告げる。

はっきり言えば、レインがいい暮らしをしているという点を除いて、俺はそんなに夢のような贅沢をしているわけではない。

とんでもない高額の報酬を受け取り、それを使って酒池肉林を楽しんでいるというわけではないのだ。蓄えがないわけではないが、正直今日まで使う余裕がなかったし。

「……参りました。貴方にそう言われると、いよいよ私は僻《ひが》みしか言えない」

やはり、ある程度自分を客観視できている。

溜め込んだものを吐き出したいが、それがみっともないとはわかっているのだろう。

「もう隠す意味がないので、恥を承知で申し上げる。私は……貴方のことが羨ましいのです」

なかなか、勇気のいることだった。自分で自分が卑しい感情を抱いていると認めるのは。

「いいえ、正直に申し上げれば妹であるブロワにも、そうした感情を向けています」

申し訳ないのだが、その辺りのことは既に末の妹さんから伺っている。というか、全面的に大正解らしい。すごいな、ライヤちゃん。

「理由をお伺いしても？」

「ええ……私はこの家で唯一の男子です。私が生まれたことでこの家の跡取りは私に決まっていました。なので、私は子供の頃から領地を如何に経営するのかを考えていました」

なんか、どっかで聞いたような話である。

もちろん、おかしな点などどこにもないのだが。

「ブロワと違い、私には魔法の才能がありませんでした。才能がない、というのは魔力を生まれ持っていないということではなく、大した魔力を持っていないという意味なのです」

それはまったく魔法が使えないより未来がないな。もちろん、魔法使いという意味でだが。

「とはいえ、領地経営に魔法はまったく必要ではありません。なので私は、魔法への未練を振り切るためにも勉強に没頭しました」

やっぱりどっかで聞いたような話である。

魔法の才能はないけど、領地経営のために勉強する。なんか遠い昔聞いたことがあるような設定だった。もちろん、そんなことを考えるのは相当失礼だったが。

「自分で言うのもどうかと思いますが、相当優秀ともてはやされましたよ。なにせ、ソペードの前当主様にもお褒めの言葉をいただきましたから」

それはすごいな。なんか俺の中の基準がソペードになっているのが、視野の狭さを表しているようで申し訳ないが。

「ですが……父は私に執政を許してくれませんでした。当時の、十かそこらの私には」

そりゃそうだろ。どんなに頭が良くったって、十歳に領地経営を任せるわけないだろ。

俺が呆れていると、それを察したのか苦笑した。一種の自虐だったらしく、自分でもバカだったと思っているようだ。

「私も今は子供の親になっています。仮に自分の息子が『執政の一部を任せてほしい』と言い出せば、さすがに笑って止めるしかありません。それに、私の父は凡庸ですが、凡庸なりに真面目です。当時の貧しい領地も、前例をきっちりと守って貧しいなりに経営していました」

ヒータお兄さんからすればもうちょっと頑張れたとは思うが、及第点は十分越えていたと。

「子供の頃、私の夢は早く父に認められるようになって、貧しい領地を改革するということでした。しかし……三つのことが重なって、その夢は潰《つい》えました。ブロワに魔法と剣の才能があったことと、今の領地を経営していた貴族の汚職があったこと、そしてドゥーウェお嬢様が見目麗しい護衛を求めていたことです」

その辺りはブロワやライヤちゃんから聞いたことである。

ブロワに剣と魔法の才能があっても、その辺りのタイミングが重ならなければ、領地の転属が決まることはないだろうな。

それがブロワにとって、幸運だったのかどうかはわからないが。

「昔の自分のやろうとしていたことが、どれだけ荒唐無稽なのかわかっています。貧乏な領地では改革をするだけの余裕があるわけもなく、無為に苛立ちながら過ごしていたでしょう。矛盾している話ですが、今の良好な土地だからこそ、改革の余地があるのです」

それは嬉しいことのはずなのに、当人は複雑そうだった。そして話を聞いている俺にとっては、別の意味で驚きがあった。ここまで完璧にライヤちゃんの読みどおりだったのである。

妹に心中を読まれすぎである。本当に優秀なのか怪しくなってきた。

「……もちろん、妹には感謝しています。妹が奉公しているからこそ、私達は良い暮らしができている。しかし……どうしても考えてしまうのです。私よりもさらに若い、幼いブロワが認められていることが、父や母に感謝され、ウィン家へ貢献していることが」

「正直、妻になる女性の努力が、そう思われていることは不愉快です。ですが、心中は察します」

直でブロワには言えなかっただろうが、それでも誠意として俺に明かしていた。

どういう誠意なのか、正直わからんところもあるのだが。義兄から『妹を妬んでいる』と言われた男の気持ちも考えてほしい。

「申し訳ありません……」

どうやら、多少は自覚しているらしい。

「私も男です。少なくとも昔は、魔法を使って活躍して武名を轟かせたいと思っていました。それを自分より年下の妹が実際にやってしまった……跡取り息子であるはずの自分が、守ってやらなければならないと思っていた妹に追い抜かれてしまった」

確かに少年時代は辛かっただろう。正直荒れても仕方がない。

今でも引きずっているのは、どうかと思うが。

「本来、ブロワの才能は領地経営には無関係でした。ですが、妹はあのドゥーウェ様に気に入られた。その結果、私はどうしようもない気持ちを抱くようになってしまったのです。周囲からの評価が良いのは妹が頑張っているおかげ、私が良い条件の相手と結婚できたのは妹のおかげ。その間私にできたことは、ただ勉学を重ね、社交界で跡取りとして振る舞うことぐらい」

妹が今も必死で頑張っているのに、自分は何も為していない。

それは確かに、兄として鬱憤がたまるだろう。それに関しては同情の余地があった。

「……とはいえ、もう妹も貴方に嫁入りし、戦士としては引退するのでしょう。あの子がウィン家を出た時は、本当に子供でした。あの子もようやく、人並みに安寧を得られるのです。卑しい感情がないわけではありませんが、私は……あの子が乳飲み子だった時のことも覚えております。だからこそ、貴方には妹のことを幸せにしてほしいのです」

心中複雑ではあるが、妹が過酷な運命を乗り越えたことや、今まで家族のために頑張ってきたことに感謝している。

だからこそ、今後のことは俺に任せたい、幸せにしてほしい。最初の愚痴さえなければ、いい話である。

気配が読める身ではあるが、綺麗ごとだけ聞きたい旦那心である。言わぬが花とか、そういう美徳はないのだろうか。

「ええ、全力を尽くします」

「よろしくお願いします」

そう言い切ったところで、彼はいろいろと切り替えていた。

心の中の泥を出して、気分を入れ替えたらしい。

「今まで妹が武名を轟かせていた分、今後は私が領地経営で名を上げようと思います。ソペードド本家にも轟くほどに、今まで以上に豊かな土地にしてみせますよ」

そう言って、奮起するヒータお兄さん。

しかし、ライヤちゃんの未来予想図を聞かされている身としては、頑張ってくださいねとしか言いようがない。

俺がどれだけ活躍しても今が上限であるように、彼だって今が上限なのだ。

妹に対抗心を燃やしているところ申し訳ないが、彼の名前がソペードに轟くことはないのだろう。

頭のいい新当主が、元々豊かな土地をさらに発展させました、と言っても有名になる要素が一切ない。そんな話題、一切面白くないからだ。

将来を夢見て目を輝かせている。妹以上に名前を売ってみせると気張っているが、彼が想像する最大の結果を発揮したとしても望むものは得られないのだろう。

「そうですか……無知浅学な私には応援することしかできませんが、領民のためにも領地の発展を祈っています」

ただの事実として、俺が最初に彼へ言ったことは本心である。

強い剣士というだけの俺などよりも、彼のほうがずっと沢山の人を幸せにするのだろう。

彼の成果がささやかだったとしても、この地の民衆が喜ぶのならばいいことだ。彼の努力が民衆に伝わらなかったとしても、それは悪いことではない。

ただ、彼の願いは叶わない。内政手腕がどれだけのものであったとしても、この領地に移った時点で彼の野心は潰えていたのだ。

健全ともいえる対抗心は、まったく見当違いだった。目の前の意気があふれる若者への評価は、俺の中ではライヤちゃん以下になっていた。

「頑張ってくださいね」

しかし、言わぬが花であった。自分自身がそう思っていたからこそ、他人へは真意を明かさない俺なのである。

寸前

「いかん、いかん、修行が足りん」

パーティーが明けた朝、俺は反省しながら修行をしていた。

ブロワの実家の庭は広々としており、生えている木々にはよく手入れがされている。朝焼けに照らされるその中で、俺は雑念を振り払うべく木刀を振るう。

何事も普段通り、修行通りであるべきだ。そして、修行は継続にこそ意味がある。特訓だとか一夜漬けだとか、そういうものは真の強さや勉強とは程遠いものである。努力とは生活習慣であり、一時頑張って補うとかそういうものではないのだ。

「謙虚に丁寧に」

昨日の俺はあまりよくなかった、他人を観察するようで見下していた。ヒータお兄さんを含めて、他の人たちをバカにしていたのではないだろうか。

「まずは自分の至らないところを見つめ直すことからだ」

彼らは俺達の前途を祝福するために集まってくれたのだ。

気配が読めるからといって彼らの胸の内を想像してしまうなど、デリカシーに欠けている。

そんなことをされたら、彼らでなくても嫌な気分になるだろう。

そもそもの時点で、彼らに対して悪印象を抱きすぎである。ブロワがそうだったように、俺もヒータお兄さんやシェットお姉さんがブロワを嫌っていることを知って、内心では被害妄想をこじらせていたのではないだろうか。

「生きている限り人を不快にさせることはある。だがそれは、気づいた時点で改めるべきだ」

ヒータお兄さんご本人に関しても同様だ。彼には多少なりとも野心があるが、真面目に仕事をこなして成果を評価してもらいたいだけなのだ。

それを身の程知らず扱いするなんて、俺のほうこそ身の程知らずであろう。彼への評価がライヤちゃんに引っ張られすぎである。彼女にその気がなかったとしても、もはや印象操作になっていた。

「う……」

反省しながら素振りをしている俺に、すごい視線を放つ誰かが近づいてきている。俺は仙人なので気配を感じられるが、この禍々《まがまが》しさなら普通の人でも気づくだろう。

背後から接近してきているが、振り向かなくても相手が誰かわかる。シェットお姉さんだ。

俺への妬《ねた》ましさゆえに眠りが浅く、この前よりもガンギマリ状態になっていると思われる。

自分が話題の中心でないといけないとは、狭い世界で生きすぎではないだろうか。

「……不老不死……永遠の若さ」

この視線にさらされていても、俺の剣筋に乱れはない。それは修行の成果なのだと、前向きに考えよう。

「ぴちぴちの肌……」

ブロワのお姉さんは、自分を自分で追い詰めすぎだと思う。

女性としての尊厳をとても大事にしているとは言えるが、そればっかり考えているのは如何なものか。

「なんで、私は……私以外が、それを……！」

今の俺は精神的な圧迫を受けている一方で、きちんと周囲の状況を把握する視野の広さも維持している。

こんな異常事態でも修行ができていること、俺の修行がちゃんと実を結んでいることを喜ぼう。今のこの状況は、戦闘中よりも異常な雰囲気である。

「私は、こんなに、若く、美しくありたいと思っているのに……！」

そんなことを考えている場合ではなかった。このままだと後ろから首を絞められそうである。

俺への嫉妬を憎悪に変えつつあるこのお姉さんを、どうすれば平静に戻せるだろうか。

必要な時に必要な技術が身についていない、正に修行不足だった。

こういう時、師匠ならどうするだろうか、あるいはトオンならどうするだろうか。

「私のものにならないのなら、いっそ」

まずい、接近しすぎている。

気付かないフリも限界だ、素振りを打ち切って対話を試みよう。

「おはようございます、シェットお義姉さん。今日はやや雲がありますがいいお天気ですね」

「……五百年生きている仙人、私も……！」

おもむろに、両手が俺の首に伸びてくる。

「おっと！　早朝ですからまだお眠いようですね！」

会話を打ち切って、俺はブロワのお姉さんの頭へ発勁《はっけい》を打ち込み、失神させて寝かせた。

相手を説き伏せることやなだめることは苦手だが、叩いて黙らせるのは得意である。

「大丈夫ですか？　今お屋敷にお連れいたします！」

幸い、周囲には誰もいない。俺は誰かに向けて言い訳しながら、軽身功《けいしんこう》で彼女を浮かせて運ぶ。

俺は大慌てを装いながら屋敷へ入っていった。

×　×　×

「とまあ、そんなことがあってな」

「ご病気なんじゃないのかな？」

あてがわれた部屋に戻ってブロワとレインに説明をしたところ、レインから端的な回答が返ってきた。

確かに病気である。そうでなくても病的であり、そのうち入院が必要になりそうだった。

「シェットお姉様がそんなことに……」

「別にお前が悪いわけじゃないぞ。ただまあ……病状は悪いな」

与えられた部屋の中で、俺とブロワとレインは作戦会議をしていた。

もちろん俺達にとって、命に関わる問題ではない。この屋敷に長期滞在することもないので、当座をしのげば王都に帰れるのだ。

しかし、残されたお姉さんはどうなるかわからない。このまま義姉が病んでいくのを、放置して去るのは心苦しい。

「なんとかお姉様の心を軽くして差し上げたいが……無理か」

「そうだな、言いたくはないが人間が老いるのは仕方がないことだしな」

「それはお前が言うな、お前だけは言うな。お前は老いを克服しているだろう」

ブロワから文句が出てきた。確かに俺は老いていないし、それが原因でお姉さんは嫉妬に狂っているのだけれども。

「克服しているって……俺は老いを乗り越えたかったわけじゃないんだが……」

克服している、というと俺が老いを恐れていたようじゃないか。

俺は老いを恐れたことはない、なにせ成長期が終わり切る前に老いなくなったからな。

とはいえ、不老長寿になった男が「いくつになってもお美しいですよ」とか言っても完全に火に油だ。

多分学園長先生辺りを引っぱってこないと、その言葉に説得力は出せない。

「お前の師匠であるスイボクを見ていて思うのだが、本当に若返りの技はないのか？」

「どういうことだ？」

「お前の師匠、いくら何でも体が小さすぎるだろう？」

それは……言われてみれば考えたことがなかったな。

仙人とはそういうもので、師匠とはそういう男だと思っていたので、その辺りは疑ったことがなかった。

「いや、でもその理屈だと師匠が、普段から体を若返らせていることにならないか？　師匠がそんなことをするとは思えないんだが……」

「それはそうだが、剣を振るとしても体格的に無理があるだろう。いくら何でも手足が短すぎる、若返る技とは言わないが、体を調整する技自体はあるんじゃないか？」

「あったとしても、他人に使えないと意味ないだろう。それに、俺が使えないことに変わりはない」

その辺りのことは、師匠かエッケザックスに確認しないと分からないし、そもそも分かったからといってなんの解決にもならない。

「それに、仮に他人を若返らせる技があったとしても、解決にならない。仙気を宿していない人間が不老になれるとは思えないし、仙人の思考を持っていない者が不老長寿を得ても耐えられないだろう」

「確かに、心が異常という意味ではお前が一番おかしいんだな……五百年間素振りって……」

仙気を宿しているというだけで、人間が不老長寿を得られるのはかなりおかしいとは思う。

しかし、元常人として思うのだ、不老長寿になって何をするのかと。

そりゃあ芸術家とか数学者とかなら寿命なんていくらあっても足りないだろうし、剣などの求道者でも同じだ。

でも、現状維持したいとか全盛期の若さを保ちたいと思っているだけの人間が、永遠の時間なんて得ても腐るだけである。

「逆だ、五百年間素振りをしていたから耐えられたんだ。これで何もせずに惰眠を貪っていたら、多分最初の十年で自殺してるぞ」

正直、永遠の若さなんて解決しないほうがいい問題である。

ライヤちゃんもなんとなく察していたが、一度若返る方法を得ようものなら、それをずっと貪り続けてしまうだろう。

そういう意味でも、あんまり前向きではないのだ。

「なんであんなに怖い顔するんだろう……あんなにキレイなのに」

幼い少女であるレインの言葉も、きっと嫌味に聞こえるはずだ。お嬢様もおっしゃっていたが、花の旬は短いのである。

あのお姉さんは今でも美しいが、どうしようもなく衰え続けているのだ。

「お姉さんは大分参っているぞ。そのうち本当に死んでしまうかもしれん」

放置したら睡眠不足とかで神経が参って、自殺しかねない。

「……それは見ればわかるが」

「少なくとも、適度に眠るだけでも大分体調は改善されて、肌なんかも良くなると思う」

俺がきっかけで、くすぶっていた老いへの恐怖に火が付いたのだろう。

そういう意味では、俺が悪いとは思う。しかしどうしようもない。

「若返りの薬と言って睡眠薬を飲ませてみるか？」

「それでどれぐらい解決する？」

「少しマシになるぐらい」

「じゃあ意味がないな……」

おかしいなあ、俺はただ休日を家族で楽しむつもりだったのに。なんでお嬢様よりもヤバイ人と付き合わねばならなくなったのだろうか。

「とりあえず……もうお前のご両親にもいろいろ話さないか？」

正直、既に手遅れ感が否めないが、それでも俺が彼女へ処断をせねばならないところまで追い詰められている。

自分で言うのもどうかと思うが、俺は嘘が苦手だ。お嬢様に『向こうの実家で何かあった？』と聞かれれば素直に答えるしかない。

ソペード傘下である彼女が本家の直臣である俺に対して『看過できない』行為を実行に移せば、それが未遂に終わってもお嬢様は許さない。それはお兄様もお父様も同じことだ。

「最悪の事が起こった時のことも考えて……はっきり言うべきだろう。俺も気絶させたこと謝るから」

「……あのお父様とお母様にか？」

「……パパがそう言うなら、それでいいけど」

レインもブロワも、正直期待しているふうではなかった。

確かに、あんなに異常な表情をしている娘に気付かないなんて、前が見えていないんじゃないかって疑うレベルだった。

しかし、それでもこの家の当主に話を通すのが筋というものだろう。少なくとも、それがソペードの流儀というものだ。

「それに、自分で言ってて説得力に欠けるが、ブロワのお父さんはソペードの前当主様に認められた方だ。信じよう、あの人を」

解決

それから、俺達は自室を出てご両親のところへ向かった。朝食がそろそろ始まる段階であり、ご両親はライヤちゃんやヒータお兄さんと話をしていた。

ライヤちゃんもヒータお兄さんも、どちらもシェットお姉さんが不在なことにある程度安堵していた。そんな雰囲気が漏れている。

そんな状況で爆弾を落とすことは忍びないが、それでも言わねばならないこともある。

「おやおや、サンスイ君！　ブロワ！　レインちゃん！　待っていたよ、とはいえまだ時間があるがね」

「ええ、お茶をいれましょう。お砂糖はいるかしら？」

少しでも表情を見れば、俺達が朝食をみんなで食べに来たという感じではないことなど気付きそうなものだが、なんでわからないんだろう。

少なくとも、ヒータお兄さんもライヤちゃんも、お茶や朝食の準備をしているメイドの人だってなんとなく気付いているのに。

「ああ、そういえばシェットが庭で立ち眩《くら》みを起こしたそうだね。そこを助けてもらったとか」

「まったくもう、きっと夜更かしをしていたのよ。あの子は昔からそうでねえ、母親になったのにその辺りも直っていなくて……」

「そのことで、お二人にお話があります」

寝不足、ということは間違っていない。

その一方で、伝わっていない事実があるというだけだ。

「お二人は寝不足の原因はご存知ですか？」

「あれももう嫁いだ母親だ、きっと苦労があるのだと思う。しかし、同時に親離れをしなければならない年頃だ。助けを求めてくるまでは待つつもりだよ」

「そうね、家の格のことでは苦労させていないと思うけど……それでも何かあるのかもしれないわね」

この時、ご両親以外の面々の心は一つになっていた。

なんで気付かないいんだろうと、本心から恐怖さえ感じていた。

気配を感じるまでもなく、表情に出ていた。

「そのですね……その……実は」

お宅のお嬢さんに首を絞められそうになりました、といきなり言うのは無理だ。

とりあえず、最初の段階から話していこう。

「その、私は若く見えるものですから、シェットお義姉様から秘訣を聞かれたことはご存知でしたね」

「ああ……それはもちろん」

「その時気付いたのですが、どうやらシェット様は私のですね……若さに対して嫉妬をされているようでした。正直に申し上げて……とても思い詰めていることがわかりました」

「なんと!?」

「まあ!?」

そこで、ようやくご両親が驚愕していた。

遅い、と誰もが顔に出していたが、気付いていない。

「おそらく、日々衰える身を思って追い詰められているのだと愚考します。寝不足に関してはそれが原因でしょう。そして、仙術を操る私は彼女の気配を濃く感じることができるのですが、嫉妬のあまり攻撃的にもなっていました。先ほど眠ってしまったと申しましたが……その実は、凶行に及ぶところを止めた次第です」

「そんな……」

「それは……」

「ドゥーウェお嬢様の耳に入る前に、どうにか穏便に収めたいのです。ご協力願えないでしょうか」

そこまで言って、ようやくご両親は立ち上がった。

慌ててシェットお姉さんを寝かせている部屋へ向かう。

今更慌てているお二人に閉口しながら、俺達も後を追うことにした。

最悪、もう一度気絶させなければならないと思いながら。

「あなた……」

「ああ、頼んだぞ」

部屋の中に入ったのは、母親であるお母さんだけだった。

お父さんは、なんで気付いてやれなかったのかと悔いながら、部屋の前で辛そうにしている。

正直、あんなわかりやすく狂気を発していたのに、なんで気付かなかったのか不思議なぐらいなのだが。

『起きなさい、シェット』

『お母様……』

中の会話が聞こえてきた。

彼女が目を覚ましたことで、お父さんと俺以外の全員が嫌そうな顔をするが、しかし俺は中の気配を感じて気付いた。

彼女がいきなり正気に戻ったわけではないが、その雰囲気から攻撃性が失われていたのである。

『ねえ、最近眠れていないの？　お庭で寝ていたそうよ？』

『……』

『嫌なことがあったんでしょう？　貴女は昔から、傷つくと眠れなくなっていたものね』

会話は、正に母親と娘のものだった。

すでに結婚して子供もいるシェットお姉さんだが、それでも彼女が『娘』であることに変わりはない。

『……あのね、お母様。みんなね、私じゃなくて他の子を見るの』

『そう……それは嫌だったわね』

『うん……みんな、私のことを見てくれないの。あの子は可愛いねって、綺麗だねって、言ってくれないの』

泣き声が、扉越しに聞こえてきた。

本来、貴族の家なら扉の遮音性も高いはずだが、それでも涙の混じった声がはっきりと廊下に立つ俺達に聞こえてきた。

『一生懸命お化粧して、歩くのも笑うのも頑張ってるのに、私が一番だって言ってくれないの』

『そう、お母さんは知っているわ。貴女が一生懸命頑張っていることはね』

『いっぱいお勉強して、話し方も頑張ってるのに……』

『ええ、そうね。貴女はお姉ちゃんとして、他の兄妹の前でも弱いところを見せなかったものね』

考えてみれば、当然のことだった。この場の全員は、扉の向こうの彼女の苦しみをようやく理解していた。

彼女が才能あふれる鷹だったとして、如何に男性を蕩《とろ》かせ、女性に嫉妬される美しい偶像であったとしても。

それでも、ブロワ達弟妹がそうであるように、その才能を生かすために必死で努力していたのだ。

彼女が加齢によって失っていくものは、つまりは人生をかけて積み重ねた成果だったのだ。美というものを、彼女は全力で積み重ねてきたのだ。生まれながらに顔がいいとかだけでなく、それに加えて自分を磨いてきたのだ。

『いやあ……お母様……私はもう駄目なの？　皆から憧れられる女の子じゃないの？』

『そんなわけないじゃない、シェット。貴女は昔も今も、ずっと変わらずに……世界で一番綺麗な女の子よ』

少なからず、羞恥していた。

両親の理解のなさに呆れていた俺達は、両親が娘のことを何もわかっていないと思っていた。だが、違ったのだ。この両親だけが、彼女の涙ぐましい努力を誰よりも知っていたのだ。

だからこそ、彼女の心に寄り添う対応ができたのだろう。

俺は彼女の心が安らぎ、楽になっていく様を、そして次第に穏やかな眠りにつき始めたのを感じていた。それこそ、気配を感じるまでもないことだったが。

「私は……愚鈍だ。娘の苦しみに気付いてやれなかった」

ブロワのお父さんは、落ち込みつつも現状を把握していた。

いやまったくだ、とは思わないでもない。しかし、こうなればこの人のことを悪くは言えまい。

シェットお姉さんを美に執着する女性としか思っていなかった俺達は、口をつぐむしかない。

「……言い訳になるがな、サンスイ君。私も妻も、今回の縁談を聞いた時、本当に嬉しかったのだよ。それこそ、一番上の姉のことが見えなくなるほどに」

先ほどまで部屋でくつろいでいた時の、楽観と歓喜が消えていた。

表情通りに、ブロワのお父さんは俺へ感謝を向けていた。

「私達などよりもずっと、君達はソペードの当主様方にお詳しいだろう。ならば知っているはずだ、あのお二人がどれだけドゥーウェ様を溺愛しておられるのかということと、職務というものに忠実でいらっしゃるのかを」

「はい、お厳しい人です」

「一般論ではあるがね、仮にブロワに何の才能もなかったとしても、本家の実力者から娘をよこせと言われれば、我らに拒否権などない。貴族と言っても、そんなものだ」

それは、帝国貴族の腐敗を知っている俺にはとてもリアルなことだった。

「そういう意味では、ソペードはまだ情があるのだよ。そうでなければ、タイミングが良かったとはいえ、領地の交換という対価を示すはずもない。お前の娘を自分の娘の盾にする、と命じられても頷くしかないのだ」

その言葉を聞いて、ヒータお兄さんの顔が沈んでいた。

「だから私は娘を送り出した。正直に言えば……送り出す時は葬式をする気分だった」

それは、凡庸な貴族の凡庸な判断だった。

凡庸であってもわかっていたのだろう、才能があるはずのヒータお兄さんがよくわかっていなかったことを、貴族としてわかっていたのだ。

才能などよりも重要な、当然の覚悟だった。

「だから私は、必死に働いたよ。娘が命をかけて与えてくれた機会だ、それを何がなんでも守らなければならないと思っていた。たとえヒータから見れば凡庸に思えても、私は例年通り、前例通りのやり方を貫いた。その結果……なんとか今日まで、土地を取り上げられずに済んでいた」

与えられたのは良い土地を管理する権利ではなく、良い土地の領主になる機会。

そう捉えていたブロワのお父さんは、長年にわたって積み重ねていた心労を吐き出していた。

「ブロワが送ってくれる手紙を、妻と一緒に読んでいた。どんな内容でも、これが遺書になるのではないかと思って内容が頭に入ってこなかった。たまにお嬢様の護衛をしているブロワを見かけた時も、これが最後の姿なのかと思ってしまった。結局のところ、どんな噂を聞いても私は娘が生きて役目を終えるとは思っていなかった」

その時、ようやく誰もが理解していた。

このご両親がここまで能天気になっていた理由が。

ブロワが生きたまま引退できること、お嬢様の護衛を完遂した安堵で頭がいっぱいだったのだ。

「ブロワの噂を聞いても、サンスイ君の噂を聞いても、まったく安心できなかった。もちろん、ブロワのことをずっと考えていたわけではない。仕事のことにだって気を配っていたし、他の子供のことだって気にしていた」

ようやく俺は、目の前の彼からソペード傘下の覚悟を感じていた。

護衛をする以上、死ぬのは当たり前だという価値観は、俺が信頼するソペードそのものだった。

「それでも、ずっと心配だった。いつ訃報が届くのか、無言で帰ってくるのか、死体も出てこないのではないかと思っていた……だが、もう終わりだ。ブロワはもう戦死しない、それが嬉しかったのだ……」

彼は危機感を失わなかった。彼は常に緊張していた。凡庸ではあっても、彼は父であり領主だったのだ。

涙ながらに告白する姿が、俺には立派な大人に見えた。

「お父様……」

「ブロワ、父を許せ。成人しているのならともかく、幼かったお前を差し出した私を許してくれ……」

凡庸故に、当然の感覚を持っている人だった。だからこそ、先日まで本当に大変だったのだろう。

重荷が降りた、心配の種が一つ減った。それがご両親を異常なほど能天気にしていたのだ。

「お父様……私は、私は……その言葉だけで十分です！」

ブロワの言葉も、本心だった。

結局のところ、ブロワは両親が心底喜んでくれているだけで十分だったのだ。

レインのことも、俺のことも、どっちも面倒なことがあるのに、それを一切陰がなく全面的に喜んでくれるだけで、十分だったのだ。

「サンスイ君……君のおかげだと分かっている」

今度は、俺だった。

「君がブロワのことを守ってくれたのだろう、ドゥーウェお嬢様のことを守りつつ、ブロワにも気にかけてくれたのだろう」

それは、正にあらたまった言葉だった。俺へ感謝していることは、ずっと言っていた。

それが、今は涙が混じっているだけで、歓喜から安堵に変わっただけで。

だから、俺も凡庸な答えを返していた。

「ブロワは、もう大丈夫です。今後は、俺が幸せにしてみせます」

「ありがとう……ありがとう……」

涙を切って、お父さんは雰囲気を入れ替えた。

自分の妹の情報が入る度に嫉妬していた、ブロワが死ぬなんて思っていなかったヒータお兄さんと向き合った。

「ヒータ……この際だ、お前にはっきり言おう」

「……はい」

「私は、お前に領地を任せられなかった」

凡庸、という事実は曲がらなかった。

多分、ここまではっきりとブロワへの想いを語ったのは、今が初めてだったのだろう。

つまりは、ヒータお兄さんが父親の言葉を真剣に聞こうと思ったのは、今が初めてだった。

「……今は、わかります」

「ああ、そうだ。会ったこともない遠い昔の先祖ではない、幼い姿を知っている自分の妹が滅私奉公してくれたおかげで手に入ったこの土地に、骨を埋《うず》める覚悟がお前にはない……！」

才能があふれる息子を、凡庸でしかない父親が叱咤していた。しかし、どちらが正しいかなどわかり切った話だった。

それを、ソペードの権力者たちは察していたのだろう。

だからブロワの兄であるヒータの才能を認めつつ、領主の位を譲るようには言わなかったのだろう。今の当主であるお父さんの判断に任せていたのだろう。

「この際はっきり言ってやる。お前には才能があるのだろうが、領地経営に才能など必要ない！」

内政チート、という言葉を思い出す。そういう物語があったことを思い出す。物語でしかないことを、あらためて実感していた。

「領地経営に才能が必要ならば、ソペードの前当主様は間違っても私にこの土地を与えてくださらなかった！　領地経営に必要なのは節度だ！　ソペードや王家からお預かりしている土地でしかない、ということを忘れない節度だ！」

「……はい」

感情が極まっているからだろう、お父さんの口から出てくる言葉はとても重かった。

それを受け止めているヒータお兄さんは、その言葉で殴られているようだった。

「お前にはソペードからお預かりしたこの土地を守り、次に伝える覚悟がなかった！　妹から与えられた土地に甘んじたくなかったという思いは、私にもわかるほどだったぞ！」

「おっしゃる通りです……」

「この土地など更なる立身への通過点としか思えなかったのだろう！　ここで成果を出して、ソペードや王家から声をかけてもらえば、と夢見ていたのだろう！」

「……はい」

領地を良くしたいとは思っていた。偽ることなく、成果を上げたいとも思っていた。自分なら、もっとこの土地を富ませることができると思っていた。それは領地にとっては悪いことではないと思う。だがそれは、俺の素人考えなのだろう。

「……私は、お前の知っているように凡庸な男だ。才気あふれるお前に、上手く言葉を伝えることができなかった」

こういうきっかけがなければ、ブロワのお父さんは本心や熱意を息子に伝えることができなかった。

ブロワのお父さんは、自身の凡庸さを呪っていた。

自分が何を言っても、息子を説得しきることができないと思っていたのだろう。

「もしもの事があれば……その時は、ライヤの婿に任せるつもりだった。お前にはソペードの中心へ行ってもらう形でな……だが、お前が何を期待しているのか知らないが、立身出世をしたところで、何も変わりはしない。そこにはやはり、仕事があるだけなのだ」

自分の可能性を信じている息子に、辛いことを言う父親。

その言葉は、俺にはよくわかることだった。この国最強とされる俺でも、結局は護衛と指導しかしていない。それはつまり、他の剣士がやっていることとそこまで変わらないのだ。

「ライヤはともかく、お前は当時から利発だったから覚えているだろう。前の領地での、良いとは言えない暮らしをな」

「……はい、お世辞にも良いとは言えませんでした」

「そうだ、そこでの凡庸な仕事を認められて、私はこの土地を任された。しかしだ、領主である私の仕事そのものは、そこまで変わることはなかった。少々位置が変わっただけでな」

貧乏だったのが、裕福になった。それは大きな違いだろう、少なくともお父さんは軽く思っていない。

だが仕事の内容が、著しく変わるわけでもない。もしもそうなら、また別の人間に任されていたはずだ。

「お前に才能があるとしても、それが文官の仕事であるのなら……規模が大きいか小さいか程度の話だ。そんなことは、それ相応の地位に生まれた者に任せればいい」

その言葉は、ソペードの実力主義に反するようで、しかし違うものだと俺達は知っている。

「お前がブロワに対して抱いている対抗心は捨てろ、お前に才能があることなど、知恵があることなど全部忘れろ。お前はこの家の跡取りとして生まれたのだ、その役割を全うしろ。その仕事を全力で成し遂げる者こそが……実力があるということなのだ」

世間に名が知られることも、歴史に名を刻むことも、全部些細なことだと切り捨てる。

「お前が真に有能なら、どの立場でどのような仕事に就くとしても、この国のために最大限の努力ができるはずだ。よいか、ソペードの実力主義とはな……与えられた役割を全うできないものを落とすという意味であって、『実力』さえあれば上に登ることができるという意味ではないのだ」

「……肝に銘じます」

解決した、何もかもが解決してしまっていた。

おそらく、ソペードの前当主であるお父様ほどに有能であれば、そもそもここまで問題がこじれることはなかった。

しかしそれでも、一家の主としてブロワのお父さんは、家族の問題のなにもかもを解決していた。

それがつまるところ、ソペードの語る実力なのだろう。

不吉

領主に才能など必要ない、というのはある意味至言だった。

そりゃそうだ、領主など県知事みたいなもんである。特別な地位ではあるのだろうが、国中に沢山いるうちの一人でしかない。戦国時代じゃないんだから、お役所の仕事をしていればいいだけのことである。

言い方は悪いが、地球でも血統で代々受け継ぐことができたのだから、天才でなければならなかったというわけではあるまい。それなりに教養があって本人が真面目に勉強して仕事をしていればよかった話である。

ブロワのお父さんから見れば、向上心あふれるヒータお兄さんが真面目に領主をやるつもりがなかったと思われても仕方がないだろう。それを、本人も認めているところであるし。

考えてみれば、俺もブロワも戦闘職以外で天才を見たことがない。それでも俺達が会った政治家の方々は、誰であれ節度と覚悟をしっかりと持っていた。

いわゆる無能な帝国貴族の方々も、才能がないというのとはちょっと違った。あれを見て才能がないとは言うまい、もっとそれ以前の問題だ。

結局、俺もブロワもレインも、ブロワのお父さんを信じていればよかっただけなのだ。凡庸でも、普通に仕事をしていた領主様のことを。

「ごめんなさいね、ブロワ」

「すまない、ブロワ」

昼食の時になって、ようやく起床したシェットお姉さんと一緒に、ヒータお兄さんも謝ってきた。ひとえに、ブロワへの謝罪である。

「せっかく貴方が良い人を連れてきたのに、私ときたら自分のことばかりで……」

「いえよいのです。社交界で過ごされるお姉様は、気苦労も多かったのでしょう」

ブロワも嬉しそうに許していた。

さっきまでがひどすぎたので、改善されただけで天にも昇る気持ちだろう。

「サンスイさんにも、ご無礼を……。妹の夫になる方に、失礼極まりないことばかり。お恥ずかしいどころか、罪深い気持ちです」

「そう気になさらないでください」

それは俺も、レインも同じだった。

昔話じゃないんだから、正直に言えば全部解決するとは思っていなかった。さっさとご両親に『お宅の娘は正気じゃない』と言っておけばよかった。人間、正直が一番である。

「私のことはどう思っても構いません。ですので、どうか妹のことは、ブロワのことはお嫌いにならないでください」

「ええ、もちろんです」

結局、人間とは多面的なものだ。

美に執着する、それはシェットお姉さんの一面ではある。だが長く家を空けていた妹が婚約者を連れてきたことを、素直に喜ぶ一面だってあるのだ。

「寛大なお心に感謝を……」

とにかく、問題が解決して何よりである。

「ですが、もしも貴方のお師匠様から、若返りの術を授かった時は、是非ご連絡を」

「……ええ、お会いすることがあれば」

「お願いします」

一瞬目に狂気が戻ったが、すぐに鎮静化する。

もしかして、お嬢様もそのうち俺に対してあんな目を向けるのだろうか。

そう思うと、今後が不安である。

「ブロワ……俺はお前になんと詫びればいいのかわからない」

今度はヒータお兄さんが謝っていた。

「いいえ、そんな……」

「俺はお前に感謝するべきだと思っていた。思っていたが、感謝よりも嫉妬が前に出ていた。頭では分かっていても、内心ではお前のことを羨んでいた」

確かに、妹だけ名が売れればそう思うこともあるだろう。

才能というものを絶対視している、自分の矜持《きょうじ》としているヒータお兄さんの気持ちも理解できる。

しかし、ヒータお兄さん自身は理解が足りない。ブロワの仕事が危険で、命を落としてもおかしくないとは考えていなかった。分かっていても、深刻には受け止めていなかったのだ。

「お前には剣の才能も魔法の才能もある。その上、ソペードの御本家へ取り立てられ、この辺境にまでお前の噂が聞こえてきた……。それが羨ましかったのだ」

自分は才能を生かせずにいたので、才能を生かしている妹が羨ましかった。剣と魔法の才能を存分に振るい、充実した日々を送っているとでも勘違いしていたのだろう。

しかし実際には、才能があってもブロワは苦しんでいた。家族のためにお嬢様を命がけで守らねばならず、人並みに女の子らしいこともしたかったのに我慢して、手にマメを作りながら修行に耐えていたのだ。

お父さんやお母さんはそれがわかっていて、お兄さんはわかっていなかったのだ。

「お前には戦闘の才能があるから、栄光の道を歩いているのだと思っていた。父や母のように、命を晒していたとは思っていなかったのだ……」

「お役目です、ヒータお兄様。私はただ、為すべきことを為していただけです」

「それを言うのであれば、私は為すべきことどころか何も為していない。感謝さえしていなかった。許してくれ」

才能を絶対視していたからこそ、危険性だとか覚悟だとか、そういうものがわかっていなかったのだ。才能があるから大丈夫と信じて疑わず、思考放棄していたのだ。

「なあライヤ……シェットはいつから追い詰められていたのだ？」

「そうね……私も全然気付かなかったわ」

「お父様、お母様……シェットお姉様の心中が荒れ狂っていたのは、お二人がサンスイ様のお話をしたすぐ後です」

一番幼い妹は、呆れながら答えていた。

「なんと!?」

「それからずっとああでした」

「なんで誰も言ってくれなかった!?」

改めて、一同はご両親に呆れていた。一体どれだけ浮かれていたのだろうか。正直、読み切れないほどである。

「ライヤ、頼むからこういう時はきちんと父に言ってくれ」

「そうよ、お母さんもわからないことが沢山あるんだから」

「そうはいっても、細かいところを言い出したらキリがないと思うわ」

なにやらライヤちゃんのほうはヒータお兄さんと違って、両親から信頼されているようである。それを目の当たりにして、悲しそうにしているヒータお兄さん。そんな彼を、ライヤちゃんは更に煽っていく。

「でもまあこれで良かったじゃない、重要な問題は全部解決したと思うわ。ヒータお兄様のことは正直諦めていたけど、お父様がすっぱり解決してくれたもの」

ライヤちゃんが『重要な問題はすべて片付いた』と言うと、それなりに安心感がある。

本当に解決の余地がない重要な問題があれば、休暇としてソペード本家が送り出すわけがない。この家の問題は、お父さんとお母さんで解決できる範囲だったのだ。家族の問題を自力で解決できるとは、ちゃんとしたご両親である。俺もちゃんとした親にならないとなあ。

「ライヤ……お前は……」

なお、ヒータお兄さんは抗議をしたいようだった。

「あらあら、普通のことじゃない。だってお兄様、今までお父様の言葉に反発してばかりだったもの。妹の私が心配するのも当然じゃないかしら？」

「ぐ……」

「今ならわかるでしょう？　お父様のほうが正しいって。だってお兄様、この地方の領主になるのが到達地点であるはずなのに、あるかどうかもはっきりしていない『妹よりすごい名声を得られる地位』に至りたいって思ってたんだもの。そりゃあお父様でもこりゃ任せられないって気付くわよ」

乱世ならまだしも治世だから、害悪にしかならない向上心だったらしい。

ヒータお兄さんが本当に妹の名声を超えたいのなら、跡取りを放棄して中央に出るべきだったのだな。

まあそれで芽が出るかは怪しいが。

「その点、ブロワお姉様もサンスイお兄様もさすがよねえ。ソペード本家から全面的な信頼を得ているだけのことはあるわ。節度というものを弁《わきま》えているもの、本当に大事よね、節度って」

俺もブロワもレインも全面的に頷いていた。

下の人間には下の仕事があり、それをちゃんとやることが何よりも大事なのだ。

「お兄様になかったものよ、節度」

「しつこいぞ……」

「あら、妹が節度を弁えた範囲で苦言を言っても、何も伝わらなかった才気あふれる跡取り息子様にはいい薬じゃないかしら」

今ならいくら言っても許されると判断して、ぐいぐい押していくライヤちゃん。

これはこれで、家族同士のじゃれ合いなのだろう。実に微笑ましい、少しお嬢様を思い出すが。

「節度がない人間は信頼できない、今の自分の分《ぶん》を弁えない人間は信用できない。そんなこともわからなかったヒータお兄様には、本当にいい薬よね」

「うう……」

「大体、お兄様が大好きな『新皇帝』フウシ・ウキョウと、同列の扱いを受けている切り札の一人と張り合うなんて無謀もいいところよ。全員外国人なのに、この国が太鼓判を押すほどの傑物よ？　五百年生きている仙人と張り合うなんて馬鹿じゃないの？」

ブロワが大きく頷いている。ブロワは昔から俺と一緒に戦ってきたから、その辺りのことは、とても身近に感じるだろう。

「その通りです、ヒータお兄様。私はお嬢様の護衛である関係上、『切り札』や隣国の議長とも顔を合わせましたが……私程度の才能の持ち主など、珍しくもありませんでした」

ブロワが長く重用されているのは、顔がいいとか剣と魔法の才能があるとか、そういう『最低限』の水準を満たした上で信頼できるからなのだろう。

ソペードにしてみれば、ブロワ程度の才能がある人間を探すこと自体は簡単なのだ。その上で、護衛から上を目指すとかそういう節度のない連中を排除していった結果が今なのだろう。

地方領主以上に、護衛には護衛として命を捧げる覚悟が求められるのだから。そういう意味でも、ブロワのお父さんが葬式気分で娘を送り出したことは正しい。

「ああ、もうやめようではないか！　血なまぐさい話などうんざりだ！」

「ええ、まったくよ！　せっかく家族が揃ったのに、こんな話をしてどうするの！」

ブロワのご両親が話を打ち切った。娘が危険な任務を完遂して、ようやく家も娘も安泰となったのに、この上面倒な話など食事の席ではしたくないだろう。

「いやまったくですね！　それでは……！」

俺は仙人としての感覚で気配を感じる術に長けている。

だからこそ、俺はその『事実』に驚愕していた。

おそらく、人生で一番の危機を感じ取っていた。

「……おい、どうしたサンスイ!?」

「パパ!?」

俺が驚愕の表情で固まったことに、ブロワとレインがとても慌てていた。

俺がここまで緊張した顔をしたところを、見たことがないのだろう。

「……そのですねお義父さん、お義母さん。私は仙人なので天気を予知することもできるのですが……どうやら嵐が来るようです。一応念のために、雨はともかく風の対策はなさったほうがよろしいかと」

「あらまあ！」

「たしかにそれは一大事ですな、それでは屋敷の者に指示をしましょう。何事もなければ一番ですが、何かあれば被害がありますからな」

ご両親が屋敷の人たちに指示する間に、外の天気がいきなり悪くなった。

雨が降り始めたわけでもなく風が吹き荒れているわけでもないのだが、単純に外が一気に暗くなってきた。分厚い雲が日光をほぼ完全に遮り、まるで夜になったかのようだった。

それを見てもご両親は『本当に嵐が来るのか』と俺に感心している程度だが、他の面々はさすがに異常さがわかっているらしい。これは尋常の事ではない。

「その……サンスイ様。お伺いしますが、何が起きているのですか？」

シェットお姉さんが心配そうに尋ねてくる。

昼を夜に変えるほどの雲があるにもかかわらず、雨が一滴も降らない現状に怯えているのだろう。

「嵐が来た、それだけです」

第二章

天空を摑む者

不満

山水がブロワの実家へ向かって数日後、祭我たちはテンペラの里から王都へ帰還していた。

そして一行はバトラブの当主に事のあらましを報告した。

テンペラの里がランを拒絶したことや、五流派《ごりゅうは》の秘伝書をもらったこと、そしてランの妹分たちが亀甲拳《きっこうけん》の当主預かりになったことを。

スイボクさえ苦戦させた、希少魔法の使い手たちの隠れ住む里。その場所を知ることができただけでも、大きな収穫と言えるのだろう。

とはいえ、当人たちはお世辞にも楽しそうではなかった。エッケザックス以外の全員が、とても悲しそうな表情をしている。特にランは、取り返しのつかない後悔に沈んでいるようだった。

「皆よく戻ってきてくれた」

報告を静かに聞いていたバトラブの当主は、まずはねぎらいの言葉を口にする。

「好意的ではない相手と会談をするのは、とても心が疲れることだ。ましてやこちらに非があれば、なおのことに。辛い役目だったが、よくやってくれた」

バトラブの当主にしてみれば、当然の結果ではあった。向こうにとっても、こちらにとっても、喜びなどない接触だった。

しかし嫌だからしない、というのは子供の理屈である。できるだけ早く挨拶をしに行くというだけで、後々につながることもあるのだ。

「でも……何もできませんでした」

「そんなことはない、最初からなにもかもうまくいくことを期待してはいけないよ。こちらから挨拶をしに行ったことで、私たちが彼らと交流したいという意思を示すことができた。もしも彼らが交流したいと思った時に、君のことを訪ねてくるかもしれないだろう」

一度も会ったことのない相手と、一度会ったことがある相手は全然違うものである。顔と名前を知らない相手では、頼ることも訪ねることもできない。

「ラン。君は何をすればいいのか、わかっているね。我々大人の皮算用などとは無関係に、君は君自身のために精進しなさい」

「……はい」

髪が銀色になっていない、年相応に多感な少女。

この世界でも最高峰の才能を持っていたがゆえに、挫折も苦悩も敗北も不可能も知らなかった狂戦士。

強さではぬぐうことができない過去に押しつぶされている彼女へ、バトラブの当主はあえて厳しい言葉を投げていた。

「落ち込んだままでもいい、罪の償い方がわからないままでもいい。まずは自らの律し方を探り、考えなさい。君が過ちを犯した時は、私たちも躊躇することはないのだから」

何をすればいいのかわからない時に、何もしないというのは最悪である。何をすればいいのかわからない時ほど、まずは何かをしなければならない。

先延ばしだろうがその場しのぎだろうが、見当違いだろうが別問題だろうが、とにかく行動しなければならない。違うことを重ね続けることで、別の答えにたどり着くこともある。

「サイガ。剣聖殿との約束もあるが……様々な意味で、君が支えてあげなさい。彼女が過ちを犯しそうになれば、他でもない君がそれを制するのだ。それが君の仕事と思いなさい」

「……はい」

アルカナ王国がランを受け入れているのは、ランによる被害者がいないからだ。

もしもランが今後不当に暴力を振るうことがあれば、テンペラの里のように拒絶されるか、あるいは山水が進言したように処刑することになるだろう。

重要なのは、問題を起こした時どうするかではない。問題を起こさないようにどうすればいいのかである。

「今は剣聖殿も留守にしているから、特に配慮をしなければならないよ」

「そ、そうなんですか？」

「ああ、レインちゃんとブロワ嬢と一緒に、ウィン家へ結婚の挨拶をしに行った」

山水とブロワが結婚に向けて動き出している。

そのこと自体は特に悪くはないのだが、祭我には二人がどんな結婚生活を送るのか想像もできなかった。

ブロワのことはよく知らないのだが、山水のことはよく知っている。剣士としてではなく一人の男としてふるまう、というのは逆に想像できなかった。それは祭我だけではなく、ハピネやツガー、スナエも同様だった。

「二人が行っていた護衛の仕事は、トオン殿が引き継いでいる」

「兄上がアイツの護衛に?」

ドゥーウェは周囲から嫌われていて、当然スナエも嫌っている。

そのドゥーウェの護衛をトオンがするというのは、彼女としては受け入れがたいことだった。

「そ、そうか……」

しかしその一方で、それを仕方がないと受け入れてもいた。

王位継承権のない兄が、遠い異国の地で剣士として身を立て、有力者に気に入られて婿になる。それは王家の名誉を傷つけないし、当人はきっと幸せなのだろう。

「ねえスナエ、貴女のお兄さんは女の趣味が最悪ね」

「私もそう思う」

欠点のある女性でも愛することができるのは、確かに素晴らしい男性なのだろう。

しかし性格が最悪に近いドゥーウェにぞっこんというのは、間違いなくトオンの株を下げている。

当人の幸せを祈りたい一方で、もう少し別の幸せを探したほうがいいのではないかと思ってしまう二人だった。

「ま、まあとにかくだ。今は剣の稽古もトオン殿が引き継いでいる。とても活気があるから、見に行ってみるといい」

バトラブの当主としても否定のしにくいことではあるのだが、当人たちが幸せそうに充実した日々を過ごしていることは紛れもない事実だった。

× × ×

山水のために貸し出された、学園付近の一区画。当初は生徒や教師たちも交じっていた剣術の稽古場には、もはや真剣に剣を志す者しかいなかった。

「すごいことになってる……」

ただ素振りをしているだけなのに、喉から血を吐く勢いで叫ぶ男がいる。防具を着合っているとはいえ、全力で相手を叩き伏せようとしている男がいる。

そしてほぼ全員が、木刀を握っている手から血を流していた。強く握りしめすぎて、掌から出血しているのである。

もはや剣の『お稽古』をしに来ている者が、入っていい空間ではなくなっていた。

「ま、前来たときは、ここまでじゃなかったと思うんだけど……なんでサンスイがいなくなったら、熱が上がるの？」

ハピネが言うように、山水がいた時はもう少し穏やかだった。誰もが真剣に山水から指導を受けていたが、目の前の相手を殴り殺すような気迫はなかった。

「本格的に精兵の風格が漂い始めてきたな、兄上と共に剣を学んでいるだけのことはある」

自らも戦闘術を学んだスナエである。故郷でも同じようなものを見たことがあるので、恐怖することはなかった。

だからこそ、雑兵《ぞうひょう》の訓練と精兵の違いも知っている。同じことをしていても、気迫がまったく違うのだ。山水の指導を受けている剣士たちは、確実にその領域へ達していた。

「そ、そのトオン様は、どこにいらっしゃるんでしょうか……」

凄惨な光景に誰よりも怯えているツガーは、できるだけ凝視しないようにしながらトオンを探していた。

「あそこにいるぞ」

スナエ同様に一切怯えていないランは、あっさりと発見していた。

師範代に当たるトオンは、他の生徒たちを相手に剣を振るっていた。

この集団の中でも頭一つ抜けて強い彼は、同様に血気盛んな男たちを圧倒している。

「……いたわね」

そして、ハピネもトオンを見つけた。と同時に、ドゥーウェをも見つけていた。

文字通り血のにじむ稽古をしている男たちを、優雅に笑いながら眺めていたのだ。

「……すごいです」

いつものように性格の悪い笑み、相手を支配下に置いているかのような傲慢な笑顔。この状況でも一切変化なく、むしろいつも以上の不遜さを表していた。

もはや感心するしかないツガーは、呆れながらも彼女への敬意を示していた。もちろん、彼女の口にしたすごいという言葉には、すごい性格が悪いという意味しかない。

「……今はみんな忙しいみたいだし、ドゥーウェさんのところに行こうか」

そんな彼女のところに行きたくはないが、他の人へ声をかけることもためらわれる。ある意味では、この場で暇なのはドゥーウェだけである。そして彼女だけは、快く話を聞いてくれるだろう。

ドゥーウェが快く話してくれることを、一行が快く聞けるのかというと話は別なのだが。

「あら、戻ってたの？」

「ええ、さっき着いたところよ」

この上なく上機嫌なドゥーウェは、からかうことなくハピネへ話しかけてきた。だがその視線は、すぐ前で剣を振っているトオンに向けられたままだ。

「すごい熱気ね」

「ええ、男の子って感じね」

誰も彼もが一心不乱に、体を痛めつけながら己を鍛えている。

その光景は剣を志すことへの誠意の表れであり、まぎれもない必死さがあった。戦時下というわけでもないのに、こうも熱意があるのは解せないところである。

「貴女、まさか変なことを言って焚きつけたんじゃないでしょうね？」

「バカねえ。私が焚きつけたって、こんなにやる気になるわけないでしょう」

「それもそうね」

一行はすんなり納得した。確かにドゥーウェがどう挑発したところで、彼らの士気を上げることはできない。性格が悪く、常に他人をバカにしている彼女では、やる気を引き出すことができないのだ。

そのあたりを自覚しているのは、なんともドゥーウェらしいと言える。

「聞いているかもしれないけれど、サンスイは私の護衛から武芸指南役になるのよ。それに合わせてトオンが私の護衛になって、この場の面々から部下を引き入れる形になるわ。もちろん全員じゃなくて、選りすぐる形になるけれどね」

なにもおかしなことは言っていないが、文脈が読めなかった。なにせ彼女は今自分で、自分のために彼らが必死になることはないと言い切っていたのだ。

ドゥーウェの護衛になるために頑張っているわけではないのである。

(よく考えれば、ここまで自覚的に他人へ嫌われようとしているのってすごいな)

改めてドゥーウェの性格に慄《おのの》く祭我だが、やはり疑問は解決していなかった。

「で、なんでこいつらはこんなに必死なんだ?」

わりとずけずけ聞くのは、特に因縁のないランだった。

その彼女を、ドゥーウェはにっこりと笑って見る。

「よりにもよって、貴女がそれを聞くのね」

嘲《あざけ》られると察したランだが、その内容もわかっているので怒ることはなかった。

ここで自分が短気を起こせば、祭我だけではなく妹分たちにも申し訳が立たない。

「私の護衛であるサンスイが、貴女を公衆の面前で泣かせたでしょう?」

「ああ、私の完敗だった」

「あの試合を見ればわかるでしょう、サンスイがどれだけ強いのか」

身体能力ではランのほうが圧倒的に優位であり、技量も同等。それでも仙術と戦術、そして自制心によって危うげなく勝っていた。

「サンスイは強いけど、強すぎて試合できる相手がいない。周囲の前で武を振るうこともそんなになかったから、貴女との試合でようやく武名が広まったのよ」

「それがなんだ」

「そのサンスイの生徒は、周囲からとんでもなく期待されているのよ。だってサンスイが強いんですもの、生徒にも期待してしまうわよね」

そこまで聞けば、察してしまう。彼らは心底から焦っていて、実際に必死なのだと。

「サンスイは教えるのも上手いみたいだから、ここの剣士たちも強くなっているわ。この間も実戦で成果を上げたらしいしね。でも、期待されているほど強いわけじゃない」

ある意味では仕方がないことなのだが、この場の面々がどれだけ必死に剣を振っても、山水に追いつくことはできない。

必死に頑張ったぐらいで追いつけるのなら、山水は五百年も費やす必要がなかった。

「今後ソペード各地で働くこの場の面々が、サンスイの評価を決めてしまうのよ。サンスイの生徒がどこかの誰かに不覚を取れば、サンスイ本人の名誉にも傷がついてしまう」

山水がどれだけ強くとも、国中の人間の前で戦うわけではない。地方の者が見るのは、山水の教えを受けた生徒たちである。

その彼らが少々強い程度でしかなければ、山水への評価も下がってしまう。山水はそれを気にしないだろうが、彼ら自身はそうもいかない。

「ここの剣士たちは、サンスイを慕っているわ。噂通りに強くて、他の剣士にも優しくて、結果として働き口も紹介してくれる。そのサンスイの名誉を、自分たちが弱いからって傷つけてしまう。それが嫌だから、必死になってるのよ」

一行は、改めて必死になっている剣士を見る。

彼らは自分のためにではなく、山水のために努力をしているのだ。それは正に、敬愛とも言える。

「無駄ではないけども、無理な話よね」

改めて、ドゥーウェはトオンを見る。

必死に食らいつく剣士たちを倒していく、故郷では敵なしとされた剣士を見る。

「サンスイのような反則的な強さを得られるわけがないし、それどころか超一流とされる相手にも勝てない。精々が一流程度、それが限界だもの」

身分を隠している近衛兵たちもまた、トオン同様に他の剣士たちを圧倒していた。魔法を一切使うことなく、ごく普通の剣術だけでも寄せ付けないのである。

「世の一流とされる剣士は、あれぐらい努力しているもの。サンスイから指導を受けているからって、それを抜けるっていうのは驕《おご》りよねえ」

「そういうアンタは、ここの剣士をバカにしているけどね」

「あらあら、事実を羅列しただけじゃない。ひねているわねえ」

おそらくではあるが、ドゥーウェの言っていることは真実だ。目の前で必死になっている彼らは、必死になってもどうにもならないことに対して苛立ちつつ、それでも腐らずに全力を賭しているのである。

「まあ、世の中には一月必死になったぐらいで国一番の剣士に勝てると思う人もいるけどね」

「うっ！」

事実の羅列が、祭我やハピネたちに刺さった。

当事者目線では気付いていなかったが、他でもない祭我たち自身が驕っていたのである。

「別に私は、あの剣士たちが嫌いじゃないわよ。普通なのに一生懸命頑張っている人を嫌ったら、それこそ武門の恥よ」

ドゥーウェのあざけりは、あくまでも祭我やランに向けられていた。

「希少魔法を大量に覚えられたり、バカみたいな量の悪血《あっけつ》を宿していたり、有り余る才能をお持ちの二人にはわからない苦労でしょうけどね。その才能だけで勝てると思って大恥をかいたことは、二人にしかわからないことかもしれないけど」

客観的にも才能があると認められているからこそ、敗北を認められないことはある。そういう意味で、祭我とランは分かり合える関係だった。

しかしドゥーウェに言われると、ものすごく心が痛くなる言葉だった。

「ああはいはい！　アンタの護衛はすごいわよ！　非の打ち所がない剣士を捕まえてよかったわね！」

ハピネは開き直って、山水のことを褒めたたえた。その一方で、その主であるドゥーウェのことはまったく褒めていない。

その言葉を聞いて、上機嫌だったドゥーウェは表情を曇らせていた。

「非の打ち所がない、ね」

今この場にいない、幼少の頃から自分を守っていた剣士を思い出していた。

「ねえ、エッケザックスは持ってきている？」

「うむ、いるぞ」

祭我が持っていたエッケザックスは、剣から人間へと転じた。

「どうした」

「……さっきの話とは矛盾するかもしれないけど」

彼女の脳裏に思い浮かぶのは、事あるごとに自らを卑下していた山水の言動である。

「私には……いいえ、私たちにはサンスイ以上の剣士を想像できないのよ」

どれだけ周囲が褒めたたえても、師匠であるスイボクに比べれば大したことがないと言い続けた。どこにいる誰を何人倒しても、自分は大したことがないと言っていた。

底なしに強い剣士は自己評価が低すぎた。自分達の抱える剣士には、もっと自信を持ってほしかった。

「サンスイの師匠であるスイボク様は……サンスイと比べて、そんなに強いのかしら」

山水があれだけ強いのだから、それを育てたスイボクもさぞ強いのだろう。誰もがそう思っている。先ほどの理屈で言えば、山水はスイボクの名誉を常に守っていた。

だがしかし、山水はあまりにも強すぎる。一対一で勝てる者がいないどころか、超一流の近衛兵が総当たりでも及ばない。

「私は思ってしまうのよ、ひょっとしたらサンスイこそが……世界で一番強いんじゃないかって」

それは疑問というよりも、願望に近かったのかもしれない。自分に忠義を誓う剣士こそが最強であってほしいという、権力者の傲慢かもしれない。

「ドゥーウェ」

しかし、ハピネは彼女にいじましさを見出した。

主が下僕に不満があるというよりは、妹が兄に不満を持っているような、そんな距離感なのだと察した。

「スイボクとサンスイ、どちらが強いのか」

気付けば、その場の剣士たちは誰もが手を止めていた。

ドゥーウェが口にした疑問は、山水の生徒たちの誰もが心のどこかで抱いているものだ。

かつてスイボクに使われてたエッケザックスの言葉を、稽古を止めてまで待っていた。

「今のサンスイは昔のスイボクを、剣士としては超えているのかもしれん」

最強の神剣の声は、稽古場にいた全員に伝わっていた。

「今のスイボクがどれだけ強いのか、我には測ることもできん。情けない話じゃが、我にはサンスイさえ測り切れなかった」

膨大な経験を持つエッケザックスだったが、山水の実力を見誤った。そのため現在の主である祭我に、無様な敗北を与えてしまった。

もはや彼女でさえも、山水の力量を正しく把握することはできないのだろう。

「だがしかし、はっきり言えることがある。今のスイボクを一番知っているのは、間違いなくサンスイであろう」

未熟だった時代でも、神さえ畏怖させた最強の仙人。その時代のことを知らない山水は、しかし現在のスイボクに関しては誰よりも詳しい。

「そのサンスイが絶対に勝てないと言い切るのであれば、それを疑う余地はない」

山水は戦闘能力の評価に関しては、不必要なほど正しい。

かつて雷霆《らいてい》の騎士と呼ばれた国内最強の剣士を倒した後で、『近衛兵全員が相手でも勝てる』と言ってしまったほどだ。

「今のスイボクは、我等の想像を絶する強さを持っているはずじゃ」

エッケザックスの言葉には、確かな信憑性《しんぴょうせい》があった。

山水が普段から誠実にふるまっていることもあって、お世辞の類ではないと言い切れる。しかし、それを聞いた余人が受け入れるとは限らない。

「正直、信じられないな」

不満をあらわにしたのは、ランだった。

「私の故郷じゃスイボクってのは神様扱いだったし、過去を見れる亀甲拳の奴らはビビってた。でもサンスイと実際に戦った私は……アイツが一番強いと思ってるよ」

皆口には出さなかったが、それに賛同してしまっていた。

わざわざ聞いておいて信じないのはどうかと思ってしまうが、エッケザックスの言葉を信じたくなかったのである。

これ以上強い人がいるとは思えないからこそ、最強と呼ぶのだ。その体現者であるサンスイが自己申告したとしても、その強さを疑いたくなかった。

「変なことを聞いて悪かったわね」

ドゥーウェは少しだけ悲し気な顔になった上で、エッケザックスから視線を切っていた。

警告

王都にある、バトラブの屋敷。祭我は自室で横になり、テンペラの里から渡されていた秘伝書、その翻訳本を読んでいた。

秘伝書そのものはまるで読めなかったのだが、幸いエッケザックスは読めたので道中に翻訳してもらったのである。

「ん〜〜」

希少魔法の習得法が書かれている、五巻の秘伝書。学園長が見れば、目の色を変えて大喜びするような品だった。しかし祭我は、それを眺めるばかりで頭に入ってこなかった。

「ん……」

今まさに、祭我は飛躍を遂げようとしている。あらゆる素質を持つ祭我は、希少魔法を覚えれば覚えるだけ強くなる。

ランから学んだ凶憑《まがつ》きと合わせて五つも新たに習得し、さらに中途半端だった占術の補強もできる。これによって、戦術の幅は大いに広がっていた。

「……やっぱりこれ、ずるいんだよなあ」

山水の生徒たちとは違って祭我は現時点でも逸脱して強く、さらに今後も飛躍的な強化が確実である。それは神からチートを授かっているからであり、元々は彼が望んでいた力である。

にもかかわらず祭我の心が沈んでいるのは、自分の浅ましさに気付いてしまったからだ。

どう頑張っても超一流になれないと分かった上で頑張っている人たちに比べて、今の自分は何とも情けない。

「でも強くならないといけないんだよなあ」

劣等感や羞恥心に目覚めたわけではあるが、やめるという選択肢もあり得ない。祭我はバトラブ家の次期当主であり、気分が沈んだので修行を休みたいなどと言えないのだ。

嫌だろうが恥ずかしかろうが、最善を尽くさなければならない。現時点に甘んじてはいけない、さらに上を目指さなければならないのだ。

「俺はバトラブの切り札なんだ。山水と比較になるぐらいにならないと」

辛くても頑張るべきだというのなら、嫌でも頑張るべきなのだ。誰が何人相手でも負けないように、一人でも一軍を倒せるほどに強くならなければならない。

今後山水やスイボクほどに強い相手が出てくるとは思えないが、数百人や数千人と戦うことは十分にあり得るのだ。言い方は悪いが、山水の生徒と比較をしても仕方がない。

「ええっと、星血亀甲拳《せいけつきっこうけん》、と」

やる気がわいてきたわけではないが、義務感で自分を動かして勉強をする。まずは既に基本だけは習得している、予知能力を学ぶことにした。

「星血を宿す者だけが使える拳法であり……全然魔法のこと書いてない」

テンペラの里では、魔法と体術をまとめて拳法と呼んでいる。つまりテンペラの里において『拳法の秘伝書』とは文字通り体術に重点が置かれているのだ。

相手の動きを先読みできるからこそ使用できる、高難易度の体術が列挙されていた。そのための鍛錬法も書かれているが、初めて見るものではない。それらは山水が普通に習得し使用している技術でもあった。

「これを見る限りだと、亀甲拳は山水やランみたいな戦い方に似てるんだな」

直接的な攻撃力や防御力はないが、相手の行動に対して常に余裕を保つことができる流派であるらしい。

「……エッケザックスには悪いけど、この辺りはいらなかったかな」

祭我は占術以外も習得できるので、直接的な攻撃力や防御力も補われている。時間は有限であるため、効率を考えなければならない。

「予知の精度を上げて、星血の消費を抑える方法……そうだよ、これが欲しかったんだよ」

読み進めていくとかなり後半に、魔法的な技術が記入されていた。正蔵と違って有限の力でやりくりしなければならない祭我は、これをこそ求めていた。

「自分から動くのか、相手を動かすのか。これらを同時に予知しようとすれば、大いに星血を消費するので絶対にやってはいけない」

予知そのものを変化させるのではなく、運用方法の気構えだった。上位技の習得などではないが、だからこそすぐにでも応用できそうである。

「どちらにも言えるのは、相手の動きを誘導して単純化させることである。あえて頭の守りを薄くすれば、相手は自然と己の頭だけを狙おうとする。さらに間合いを見極めれば、殴るのか蹴るのか、一気に飛び込んでくるのかじりじりと詰めるのかを調整できる。星血が尽きた際でも応用できる、戦いの肝である」

山水から学んだようなことも書いてあった。予知能力を持っていても、先読みなどの基本は変わらないらしい。

「どうすれば相手に勝てるのか、と考えてはならない。まずどうやって勝つのかを決めてから、それを目指して予知を行うべし」

他の魔法を使える祭我にとっても、非常に有効な内容になってきた。

「全身を鎧で守っている相手と戦う場合、組み伏せて防具の隙間に刃を滑り込ませることを目指す。相手の装備や動きを見極めて、いくつかある有効な型の中で一つに定める。予知はあくまでも機を探ることだけに絞り、複数のやり方を予知してはならない。よほど深刻な見落としを予知した場合を除けば、一つのやり方がうまくいく機会を探ったほうがよい」

どのやり方がいいのかを探るよりも、一つのやり方がうまくいくタイミングを探るべし。端的にはそう書かれていた。

「予知で得られる情報は、己の視界からが最も大きい。可能な限り相手の全身を視野に収め続けるように努めれば、窮地に至ることを避けられる。窮地とは盤上遊戯における詰み同様に、己の行動によって変化の余地がない状況にたどり着いてしまうことである」

祭我は、嫌なことを思い出してしまった。エッケザックスを得た後に山水と戦った時、視界の外へ一瞬で移動し、そのままひっくり返されてしまった。

ひっくり返されて喉元に剣を突きつけられれば、どう行動しても改善の余地はない。まさに窮地だった。

山水は占術のことを知らず推測していただけなのだが、ほぼ完璧に理解して攻略法を実践したことになる。

ランと戦った時もそうだったが、山水自身が予知をしているのかと思うほどに、洞察力が高く有効な戦術の組み立てが上手い。

「もしかして山水は、亀甲拳がやってることよりも数段上の読みができてるんじゃ……」

読めば読むほど、山水が普段やっていることを少々劣化させて、希少魔法と併用することで確実にしているとしか思えなくなってきた。

もちろんそれだけではないのだが、改めて山水の強さがわかってしまう。

「まあ五百年も修行するわけにはいかないし、できることをやろう、うん」

相手を寄せ付けることなく、鮮やかに完封するその姿を思い出す。

より多くの相手を倒せるようにならなければならない祭我にとっても、理想といえる姿なのだろう。だがそれが五百年もかかるなら、目指す気も起きないし目指すべきでもない。

「ん？　また内容が変わった」

読み進めていくと、またも趣旨の異なることが書かれていた。

「里の指針を決めることもまた、亀甲拳の責務である。未来が見えるからといって、慢心してはならない。過去を覗き教訓を得ることもまた、劣らずに重要なことである。既知から想像を巡らせれば、おのずと予知するまでもない破綻を回避できる。本当にどうしようもない災害からは、ただ逃げるしかない」

過去にテンペラの里を襲った災い。間違いなく、スイボクのことであろう。

「肝に銘じるべし。勝算が万に一つでもあれば、亀甲拳はそれを見つけることができる。しかし万に一つも勝算がない戦いからは、逃げるしかない」

かつて傭兵《ようへい》集団だったという名残だろう。勝てなければ逃げればいいという発想は、ある種の真理だった。

「勝てない戦いはしない、逃れられない戦いでは被害を抑える。それは決して卑下することではなく、亀甲拳の強みである。見栄えの良さを気にすることは、賢さとは程遠い」

ある意味では最強からほど遠い思想だったが、秘伝ゆえの飾り気ない忠告だった。

「決して、仙術使いに関わるな」

それはやがて、警告に変わった。

「仙術は拳法にあらず、神の御業なり。天地を引き裂き意のままに操る、人の域を超えた力なり。もしも仙術使いの怒りに触れれば、人が死ぬどころの騒ぎではない。そこには、何も残らない」

思わず、生唾を呑んだ。

「夜の夢を軽んずるな、それは逃れ得ぬ破滅の報《しら》せである。亀甲拳の使い手が見る夜の夢は、最も確実に訪れる未来の明示なり」

亀甲拳、占術では、遠い未来であればあるほどに力を多く消費する。その上、精度も大幅に下がるという。

しかし術者でさえ意図せずに発動する予知夢では、例外的に数年後の未来さえも予知、予見してしまうという。

それは大抵の場合、とんでもなく悪いことであるそうだ。

「……絶望から目を背けるな。だが立ち向かうな、関わるな。逃げて隠れて耐え忍べ。未来を知ることができても、災害を止めることはできない。それは人間には不可能である」

ここまで読んで、改めて理解した。この地で誕生した占術が、後世に文書でしか残っていないのかを。

「ま、まあ、大丈夫大丈夫！　スイボクさんはもう暴れないし、八種神宝《ヤクサノカンダカラ》は全部独占してるし！アルカナ王国に絶望なんてないさ！」

自分で自分をごまかして、眠ろうとした。しかし、その胸中には良くない予感が駆け巡っている。

今自分が眠ると、悪い予知夢を見てしまうかもしれない。悪夢を見る予感ではなく、予知夢を見る予感。なんとも皮肉な話だが、祭我は瞼を閉じることさえ勇気が必要だった。

×　×　×

「それで、悪夢を見たと」

「はい、とんでもない夢でした」

翌朝目が覚めた祭我は、とても憔悴していた。

占術を修めたが故の予知夢は、ただの夢ではないのだと確信できていた。

そしてその内容が無視できないものだったので、とりあえずバトラブの当主に報告したのである。

「予知夢か……」

占術という希少魔法が持つ最大の特徴は、当事者以外にはなんの影響も及ぼさないことである。つまり他人からすれば、変な夢を見て心を病んでいるのと区別がつかない。

少なくとも、予知夢を根拠に大きなことはできなかった。だがしかし、祭我の表情は真剣そのものである。

「信じてくれませんか？」

祭我自身、変なことを言っていると思っていた。信じてもらえなくても仕方がないのだが、それはそれとして信じてもらえないのは傷ついてしまう。

「いいや、私は信じる。貴族の当主として動くことはできないが、君の義父として信じるつもりだ。できるだけ詳しく教えてほしい」

「ありがとうございます。予知夢といっても、一瞬の光景だったんですが……」

祭我は、脳裏に焼き付いている情報を丁寧に明かした。

「カプトの東端にある正蔵が耕した土地で、昼か夜かもわからない暗雲の下に見たこともない一人の男が立っていました、その手には、天槍《てんそう》ヴァジュラがあったんです」

情報を羅列しただけなのだが、それを聞いた当主は青ざめていた。

「ヴァジュラを誰かが奪って、このアルカナに来ていたと？」

「おそらく、そういうことだと思います」

正蔵が耕した土地というのは、見間違えることのない光景である。加えて天槍ヴァジュラも、祭我は自分の目で見たことがある。

そして昼か夜かもわからないほどの暗雲も、ヴァジュラの機能によるものだと察することはできた。

「ヴァジュラを現在所有しているのは、我が同盟国であるドミノ共和国のウキョウ。その彼が何者かに天槍を奪われたということが、まず大きな問題だ。彼やその周辺……王女様に被害が及んでいるかもしれない」

エリクサーの所有者である右京が死んでいるとは考えられないが、周辺被害は著しい可能性もある。ステンド王女には近衛兵の護衛もついているはずであり、その彼らが倒された可能性もある。

「加えて……アルカナ王国に恨みを持つ男が、ヴァジュラを持っていたのなら、その被害は著しいものになるだろう」

反逆の天槍ヴァジュラの効果は、気象操作である。つまり大嵐などの災害を、任意で発生させることが可能だった。

「ウキョウが我が国を攻めてきた目的は、あくまでも略奪だった。天候を操作して大雑把に破壊してしまえば、略奪する食料がなくなってしまうし、進軍も帰還も難しくなる。何よりも、我が国に対する反逆心がなかった。だから脅威ではなかったのだが……」

「もしもドミノの皇帝や貴族に関係のある人だったら……ですよね」

「その通りだ。ドミノの新政権や我が国への反逆心がある者なら、後先を考えずに徹底的な破壊を実行しかねない」

バトラブの当主と祭我には、ドミノの旧政権から恨まれているという自覚がある。それも、国家単位での膨大な恨みだ。

右京はドミノ帝国を滅亡させ、皇帝の一族を全員捕らえて処刑している。加えてアルカナ王国は、亡命してきた貴族を全員右京に差し出した上、ドミノを属国の形で掌中に収めてしまった。

これで恨まれないと思うほうがどうかしている。

「自分で予知して何ですけど、旧政権にそんなことができる人がいますかね？」

「あり得ないとは言い切れない。最悪と言っていい事態だが、想定し得る範囲での最悪だ。少なくとも、確認の必要はあるだろう」

遠くの相手と一瞬で情報交換する手段があればいいのだが、あいにくとそんな方法は存在しない。大急ぎで現地へ赴く他に、確認の術はないのだ。

「君にはカプトを通って、ドミノへ向かってほしい。もちろん何もなければそれが一番だが、少なくともヴァジュラが今どこにあるのかだけは確認してくれ」

「承知しました……あの、俺一人でですか？」

「それは……」

バトラブの当主は、目の前の祭我を見た。ものすごく不安そうに、一人では行きたくなさそうな顔をしている。

（……不安だ）

非常に今更だが、祭我は一人で旅をしたことがない。そもそもこの世界で旅をするというのは、それなりの知識と経験、装備や技術が必要である。

日本のように各種交通機関を乗り継いでいけば、子供でも目的地へ到着できるという話ではない。正確な地図があるわけではなく、便利な標識があるわけでもない。

迷ったら人に聞くということもできない。なぜならアルカナ王国も人口密度に偏りがあり、かなり広い範囲で無人地帯が存在している。大幅に遅れるどころか、最悪の場合行方不明ということもあり得る。

（目的地にたどり着くだけでいいのなら、護送用の人間を数人つければいいだけだが……）

バトラブの当主も、祭我のことをそれなりによく知っている。

目の前の彼は相当な実力者である一方で、精神的にはかなり未熟である。周囲からすれば彼一人で任務がこなせるかと不安に思ってしまうし、彼自身は周囲以上に不安がっている。

なによりも、祭我はバトラブ家の次期当主である。山水のような本家の直臣とは段違いに地位が高く、それ故に無作法が許されない立場だった。

（ハピネと一緒に行動させたいが……最悪道中で戦闘になるかもしれない。相手が近衛兵以上の実力者である可能性を考えると、サイガだけでは不覚をとりかねない）

もしかしたら失敗するかもしれない。最悪の状況を想定していくと、どうしようもなく一人の男が頭をよぎった。

（剣聖殿がいてくれれば、迷うことはなかったのだが）

強力な切り札たちの中でも、信頼性という一点では追従を許さない剣士。

既に完成された強さを持つ彼がいてくれれば、失敗の可能性に怯えることはなかった。その彼は今、休暇中だ。頼ることはできなかった。

(いや、それはサイガにも失礼な話だ。今も必死に努力している彼を、私が信じると約束したばかりだというのに)

わずかな甘えを振り切って、バトラブの当主は目の前の後継者へ指示を出す。

「君一人では駄目だ、ランのこともあるだろう」

「そ、そうですね……ランを抑えるのは、俺の役割でした」

「であれば、君とランは一緒に行動したほうがいいだろう」

狂戦士であるランは、日常生活では危ういところがある。しかし少数で戦うだけなら、今のままでも問題ないだろう。

「だが君とランだけでは、戦力的には問題がなくとも、政治的に問題を起こしかねない。少なくとも、ハピネだけは同行させてくれたまえ。そして……この王都にいるトオン殿と、剣聖殿の生徒たちも連れて行ってくれ。ソペードには、私から話を通しておく」

「わ、わかりました」

「ヴァジュラを奪った相手と遭遇し、手に余ると判断した時は逃げても構わない。私も最悪に備えて、『最後の切り札』の投入を進言する」

幸いと言っていいのだろう、アルカナ王国には童顔の剣聖以外にも切り札が存在する。

緊張した面持ちの当主ではあるが、その表情には手が尽きたという絶望はなかった。

「……最後の切り札、ですか」

「ああ……できれば頼りたくないがね」

その代わり、一種の忌避感があった。できれば頼りたくないものを使うという、恐怖にも似た暗い感情だった。

曇天

かくて、バトラブ一行とソペード一行は、カプトへ向かっていた。

やや急ぎ気味の二台の豪華な馬車と、その周囲に数十人の騎兵。武装こそ四大貴族の馬車を守るのにふさわしくない貧相なものだった。だがそれを着込んでいる兵士たちは誰もが屈強な肉体をしており、表情の真剣さもあって精兵であることは疑いの余地がない。

身分を偽っている元近衛兵たちが全体の指揮をしているだけに、隙のない護送体制が整っていた。

規模こそ進軍というほどではないが、さながら合戦場に向かう雰囲気だ。

「あわただしいことになったわね」

馬車に揺られているハピネは、うんざりした顔をしていた。

無理もない話である、テンペラの里へ往復して帰ってきたら、その次の日には急ぎの馬車へ乗り込んだのだ。これからゆっくりできると思った矢先に、いきなりの再出発である。

「嫌なら残ればよかっただろう。元々私とサイガだけで十分だったはずだ」

そんな彼女に対して、ランはわりと辛辣《しんらつ》なことを言っていた。嫌味でもなんでもなく、これだけの大人数で移動する意味が分からなかったのだ。

未だに世界の広大さをよくわかっていない彼女は、目的地に迷わずたどり着くことや、政治の面倒くささがわかっていなかった。

なによりも、同行している男たちの意義がわからない。自分よりも弱い男たちが、なぜ護衛などをしているのかがわからなかった。

「な、なんですって！」

「ラン、黙れ」

怒り出すハピネを制して、スナエがランを諫《いさ》めた。

「あの兵士たちはお前を守るためではなく、ドゥーウェやハピネを守るためにいる。それともなにか、お前はこいつらを守る気があるのか？」

「なるほど」

その一言で、ランは怒ることもなくあっさり納得する。

「ハピネ、お前はくだらんことを言うな。バトラブは武門の名家なんだろう？」

「わ、わかってるわよ！」

なお、ランの納得は兵士に関してである。ハピネがここにいる意味はまるでわからず、よってスナエにハピネが馬鹿にされても小さく笑うだけだった。

「ヴァジュラが盗まれたかもしれないんでしょう？　アルカナ王国の一大事じゃない！　私が一緒に行くのは当たり前よ！」

「そのことなんですが……本当にヴァジュラが奪われているのだとしたら、ドミノは大丈夫なんでしょうか」

ツガーが心配するのも無理はない。ヴァジュラを持っているのはドミノの主である右京なのだから、右京を誰かが襲撃したということである。

もうその時点ですでに大問題だが、ヴァジュラを奪った何者かがドミノという国家を崩壊させようとしてもおかしくはない。

ヌリをはじめとする亡命貴族は、それぐらいのことをしでかしそうだったのである。

「どう思う、エッケザックス」

「さすがにそこまで怯えることはないと思うがのう」

祭我に聞かれたエッケザックスは、わりと楽観的だ。

「ヴァジュラは気象を操作するが、無から生み出すわけではない。一国を覆うほどの巨大な雨雲を生み出すとなれば、まず海まで行かねばならん。そこからさらに国まで戻って雨を降らせるのだ、相当の時間がかかるだろう」

「そんなに時間がかかるなら、もう少し未来の話になるのかな」

ヴァジュラで巨大な暗雲を作るのには、結構な時間が必要であるらしい。

電話などの通信手段がないとしても、馬を走らせれば襲撃されたことを知らせることはできる。それが届いていないということは、まだヴァジュラが奪われていないのか、あるいはヴァジュラが奪われて間もないかのどちらかだった。

「だが、亀甲拳の予知夢は避けようがない運命しか見られないというぞ。私たちがこれからカプトとやらに行くのなら、ちょうどその時に遭遇するはずだ」

ヴァジュラのことをよく知らないランは、予知した内容が既に進行していると思っていた。

それに対して、エッケザックスはやや怒り気味で反論する。

「何を言う、原理としてあり得んという話をじゃな……」

「失礼します！」

慌てた様子で、近衛兵が馬車の扉を開けていた。

慌てているのは彼だけではない。馬車を護衛している、馬車の中にいない全員が慌てていた。

「暗雲が広がって、こちらに向かってきています！」

「なんじゃとお！」

誰よりも先にエッケザックスが飛び出し、他の面々もそれに続いた。

自分たちの向かっている東の空を見上げれば、そこには黒い雲が立ち込めていた。まるで空に巨大な壁があり、それがこちらへ向かってきているようだ。

「バカな……」

馬車も騎馬もすべてが止まり、一同が茫然として空を見上げていた。

なまじ天槍ヴァジュラを知っているからこそ、その効果の強大さに怯《ひる》んでしまう。

当人が誇っていたように、その力は正に神の領域。人の身で抗《あらが》える限界を、はるかに超えていた。

ランでさえも何も言えず、あぜんとして雲が接近するさまを眺めることしかできなかった。

「一体何が起こっているんじゃ……」

エッケザックスのつぶやきは、今更のように祭我へ恐怖を思い出させた。

「ヴァジュラを持っていた男は……とんでもなく強そうだった……」

ヴァジュラだけで、ここまでのことができるわけもない。

右京からヴァジュラを奪った何者かは、尋常の域を超えた怪物だった。

「俺だけじゃ、勝てないってわかるぐらいに」

当主の前で怯えていたのは、さまざまな面倒や些細な失敗を恐れてではない。

もっと単純に、予知した相手に勝てると思えなかったからだ。

「……みんな」

祭我は、足を止めている一行を見た。

ランやトオンだけではない、スナエや近衛兵、山水の生徒たちを見た。

とても不安そうに、怯えながらも、同じような顔をした戦士たちの顔を見ていく。

そして、最後に最強の神剣であるエッケザックスを見た。

「……行こう、カプトに」

　エッケザックスを剣に変えて、暗雲の先を示した。

「俺達が、アルカナ王国を守るんだ」

　暗雲に背を向けて逃げたいと思っているが、それを隠さずに前進を提案する若き剣士。

　祭我の指示を受けて、戦士たちは奮い立つ。無言で頷き合い、馬に乗り込み再出発しようとする。

　祭我が何を不安に思っていて、何を求めていて、それを振り切ったことがわかったのだ。

　先ほどまでも腑抜けていたわけではないのだが、今は更に昂揚が湧き上がっている。士気が限界まで上がっていることを感じながら、暗雲に向けて進軍が再開する。

「ようやく、サイガもマシになったわね」

　馬車に戻ったドゥーウェは逃げるそぶりを見せることもなく、むしろ面白そうに笑いながら同乗しているトオンを見ていた。

　普段から精悍《せいかん》な顔をしている彼は、少年のような興奮を抑えられずにいる。それが愛おしくて、彼女は幸福そうに笑みを浮かべている。

「ああ、まったくだ」

　トオンは決して、自棄になっているわけではない。かといって、楽観しているわけでもない。

　アルカナ王国を脅かす敵に対して、自分という男子が立ち向かわねばならないということに歓喜しているのだ。

「この場の誰もが、サイガを軽く見ている。はっきりと不安に思い、サンスイ殿にお願いしたいと願っている。他でもない、サイガ本人でさえ」

誰がどう考えても、現在の状況は国家の危機である。祭我の予知は皮肉にも的中しており、外れているという可能性はもはやない。

それならば、この国が保有する最強の戦力をぶつけるべきだった。負けることが想像できない、最強の剣士。彼に頼めばこの状況さえも、何とかしてくれると信じられる。

だがしかし、それは敵前逃亡に他ならない。敵の情報を持ち帰るために撤退をするというのはありだが、祭我が予知した内容は既にバトラブの当主が知っているし、上空で広がっている暗雲はどんな駿馬《しゅんめ》よりも早く危機を伝えてしまうだろう。

戦術的に退くことはできない、だが心理的には逃げたい。撤退ではなく逃走が、脳裏によぎってしまう。それは間違いなく弱さだった。

弱さだったからこそ、祭我はそれを振り切った。この場で最強の戦士であるがゆえに、自分に従っている戦士たちへ大義を示そうとしたのだ。

「ここでおめおめと逃げ帰ろうものなら、私たちには命しか残らない。目の前の敵が恐ろしいからと逃げ出せば、人生を失ってしまう」

確実に成功してくれる最強の剣士に頼りきりで、自分たちは何もせずに逃げ出す。それで命を拾っても、そのあとの人生は知れたものだ。

今この場にいる戦士たちは山水に負けた者ばかりだが、ただそれだけではない。山水に負けた上で、立ち上がるために踏ん張った者だ。

「負け犬になるぐらいなら、死んだほうがましよね」

「ああ、まったくだ」

これから死ぬかもしれないという意味では、ドゥーウェも同じである。にもかかわらず彼女は、いつも通りの姿勢を崩さなかった。

ヌリをはじめとする亡命貴族もそうだったが、生き恥を晒して生きることがどれだけ惨めなのかよく知っているのだ。

命もかけずに尊敬される生き方をしようなどとは、それこそ弱い者の考えである。

「今この場にサンスイ殿がいないことを、心のどこかで喜んでいる。もしもサンスイ殿がここにいれば、私たちの出番などなかったかもしれない」

この場にいる戦士は、胸を張って生きたい。強くなるために努力をして、危険を冒してでも戦って、栄光を得たいと思っていた。最強の剣士にはなれなくても、一人前の剣士になりたいと思っていた。その機会が、この度めぐってきた。

「サイガの示した通りだ。我らはサンスイ殿に及ばぬまま、死地に赴き任務を全うしなければならない。一人二人ではなく、私たち全員で」

ここで逃げれば、確実に国家へ被害が出る。多くの民が天変地異によって財産などを失い、疫病が蔓延し飢饉が訪れるだろう。

それをどうにかすることが、この場の全員の仕事だった。

「私はマジャンでは敵なしの剣士だったが、お飾り程度の価値しかなかった。この国では最強からほど遠い程度の剣士でしかないが、こうして誰かの役に立てている……この国に来れてよかったよ」

「あら、私のことはいいのかしら？」

「もちろんだ。君がいるからこそ、私は踏ん張れる。君に失望されたくないからこそ、命を賭して戦えるんだ」

広がっていく暗雲の下に、馬車が突入した。

昼から夜に切り替わるような情景は、文字通りの意味で絶望的な光景だった。

それは馬車の内部も同様で、一瞬にして前が見えなくなっていく。

その中で若い男女が互いの手を取る姿は、あり得ないほどに希望が満ちていた。

不安

八種神宝《ヤクサノカンダカラ》、反逆の天槍《てんそう》ヴァジュラ。天候を操る力を持つ、伝説の武器であるそれは民衆にも知れ渡っている。

それが何者かに奪われ、この国に向かって使われていた。隠しようもないほどに強大な雲の天井が、アルカナ王国の空を塞ぎつつあった。

民衆は脅威に震え、世界の終わりだと嘆いていた。果たしてそれを誰が諫《いさ》められるだろうか。民衆だけではなく兵士や役人たちも、家族と共に家に閉じこもるほかなかった。

巨大な暗雲は雨粒一つ落とさないままに、アルカナ王国の機能を停止させていた。

それでも、王宮では人々が希望を捨てていなかった。国王と四大貴族がそろっていたこと、彼らが既に手を打っていることで、希望が確かに残っていたのだ。

「予知が当たってしまったか。できれば悪い夢であってほしかったのだが」

真っ先に予知を聞いていたバトラブ当主は、他の当主と国王のそろう会議室で、そんな意味のない言葉を吐いた。

「我らは既に手を打った、後は報《しら》せを待つだけだろう。ここで我らが負けたような顔をしていれば、下の者に余計な不安を抱かせるだけだ」

腕を組み、目を閉じ、あえて泰然としているソペード当主。彼は努めて、冷静であろうとしていた。

「私の妹と貴殿の娘が、手勢を率いて直接現地に向かっている。まさか、自分の後継者や私の妹婿が信用できないとでも？」

最愛と言っても過言ではないドゥーウェが、カプトへ赴いていることは彼も知っている。知った上で、私心を殺し公人としての態度を貫いていた。

「……その通りだった、申し訳ない」

この場では一番若いソペードの当主が、責任ある立場としてふるまっている。その姿を見て、バトラブの当主は己を恥じた。

「……私はランやサイガのことを知っており、彼らがそろっている以上負けはないと思っている。加えて、トオン殿や……近衛兵もついている。不測の事態などそうそう起きないだろう」

神妙な顔をしている国王は、喉元まで出かかっている言葉を呑み込んでいた。休暇中の山水を、とっとと呼び戻せと言いたかった。

しかし他でもないソペードの当主自身が、そうしたいのをこらえている。であれば、強権を振るうことはためらわれた。

「だが……もしもということはある。ディスイヤよ、ここで切り札を惜しむことはあるまいな」

もし他の確実な手段がないのなら、国王は強権を使っていただろう。それに対しては他の三つの家も、賛同するに違いない。

「無論です、そこは信じていただきたいですな。ここは駆け引きをする場面ではありますまい」

もちろんこの場の全員は、祭我とその一行に信頼を置いている。祭我一人では些か心もとないが、彼が連れている一団は少数ながらも実力に信頼の置ける者ばかり。

しかし、事は国家の存亡に関わる。失敗した場合のことも考えなければならなかった。打てる手は、すべて打たなければならない。

「儂《わし》の切り札ならば、ヴァジュラを奪った者を確実に仕留めてみせるでしょう」

「そうか」

ディスイヤの切り札、パンドラの完全適合者。彼は山水とは違った意味で、確実な殺人手段である。ヴァジュラを奪った者が祭我とその一行を全滅させるほどの実力者だとしても、失敗することなく殺せる。

その彼へ既に指示を出しているからこそ、山水は呼び戻されずに済んでいた。

「それよりも陛下……ドミノについてはどう思われます？」

ディスイヤは国王を気遣う発言をしていた。

一番先に被害を受けているであろうドミノには、他でもない国王の娘であるステンドがいる。ヴァジュラを持つ右京の監視役でもある彼女は、ヴァジュラを奪った者と確実に遭遇しているはずだ。無事だ、とは言い切れなかった。

「ドミノなど所詮は属国、失っても痛くもかゆくもない。国家存亡の危機で、そんな妄言を吐くとは……老いか？」

「失礼しました」

強い言葉で、ずれた返事をする。その意味するところは、気遣いが不要ということだった。

この状況で娘のことを気に病むなど、一国の長には許されないことである。まして臣下であるソペードが同様の理由で気丈にふるまっている、国王は強くなければならなかった。

「それにだ、ウキョウがそうそうやられるとは思えん。おそらく既に、己自身で神宝を取り戻そうとしているはずだ」

強がりだけではなく、信頼も確かにあった。右京自身に戦闘能力はほとんどないが、むざむざヴァジュラを奪われたとは思っていない。不測の事態が重なっているかもしれないが、解決のために動いているだろう。何もせずにアルカナからの救援を待つだけ、などはあり得なかった。

「……そこなのですが」

カプトの当主は、神妙な顔をしていた。

「いったい何者なのでしょうか、ウキョウからヴァジュラを奪い取ったのは。バトラブ殿はドミノの旧政権に属する者を疑っておいでですが、私にはそうは思えないのです」

この場で想像を巡らせても意味がないことなのだが、想像をせずに済ませることはできなかった。

「現在のウキョウは、ステンド様についている近衛兵が守っています。その彼からヴァジュラを奪えるだけの実力者が、旧政権にいたとは思えないのです。もしもいたのなら、もっと違う時に動いたのでは」

それは祭我と同じ疑問だった。ドミノの旧政権を知っていれば、真っ先によぎる疑問である。腐敗しきっていた帝国にそんな優秀な人材がいたとは思えないし、いたのなら革命自体が失敗していたはずだった。

「我ながら、意味のない不安だとは思っているのです。ドミノから神宝を奪い我が国を脅かしている以上、誰であれ倒さなければならない。ですが……何かを、何かを見落としている気がするのです。恐ろしい何かを」

根本的に、何かを勘違いしているのではないか。

カプト家の当主は貴族にあるまじきことに、不安を吐露してしまっていた。それだけ、胸から湧き立つ不安が著しかったともいえる。

把握

アルカナ王国、カプト領。

その最西端に存在する要塞都市で、パレットは静かに時を待っていた。

真っ先に暗雲に覆われたカプトを預かる彼女は、大急ぎでドミノへの早馬を走らせていた。

加えてその返答を一刻も早く受け取るために、ドミノに最も近いこの都市へ自ら赴いていたのである。

それにどれだけ意味があるのか、彼女にはわからなかった。右京がいるはずのドミノの首都へ早馬がたどり着くまでの時間、そこから戻ってくるまでの時間。そして受け取った情報をアルカナ王国の首都へ伝える時間。最善で最短を尽くしても、ひと月はかかる。

そして、既に頭上に広がっている曇天。これが雨天に変わった瞬間に、アルカナ王国は崩壊するのだろう。今この瞬間に雨が降り始めても、一切おかしなことはない。

そういう意味では、もうすでにこの国は滅びている。

「……あのさ、パレット様。お茶いれてもらったけど、飲む?」

その重圧に、パレットは耐えられなかった。他の国民同様に、祈りを捧げて天命を待つことしかできなかった。

その彼女に対して、同行している正蔵はお茶をすすめることしかできなかった。

そのお茶さえ侍女の人にお願いした形である、実質的には何もしていない。

「ありがとうございます」

それでも、パレットには嬉しい気遣いだった。癒しの業を持つカプトの次期当主でありながら、自分の喉が枯れていることにも気付かなかった。

「ショウゾウ……」

しかし、受け取った茶を飲むことはできなかった。両手で器を包みながら、手の震えが伝わって広がる波紋を眺めていた。

「私は人事を尽くしました。ですが……それは凡庸なことです。もしも私が非凡な才覚を持っていれば、他に何かができていたでしょうか」

自分の傍らにいる、非凡な魔法使いにあえて問う。この尋常ならざる事態に対しても、何かができるのではないかと思える、最強の魔法使いに尋ねる。

「私以外の誰かなら、どうにかできたでしょうか。私の手元に残しているノアを、もっと有効に使えたかもしれません」

アルカナ王国が偶然入手し、カプトが預かることになった箱舟ノア。

この状況で下手に使えば、乗りたがる人間が殺到しかねなかった。避難船を正しく避難のために使おうとすれば、そのまま争いの火種になりかねなかった。

「私に、もっと力があれば……」

自分の判断で、自国民での殺し合いが起きる。何の罪もない、ただ死にたくないというだけの人々による殺し合い。それを恐れる彼女は、せっかくの神宝を有効活用できずにいた。

「よくわかんないです」

その彼女へ、単純な答えが返ってきた。

正蔵は心底からよくわからないので、素直によくわからないという返事をしたのだった。

「でも、みんなそう思ってますよ」

「……そうですね」

世界が終わったかのような絶望に包まれているこの状況では、職務を放り出して家に引きこもる者も多いだろう。ましてや民衆など、誰も指示に従うまい。

仮に起死回生の策を思いついても、実行に移せるはずもなかった。

「けど大丈夫！　きっと当主様や国王様は何かしてますよ！　右京さんや山水さん、祭我だって頑張ってるはずです！」

「……ええ、信じましょう」

結局のところ、正蔵の言う通りだった。起こってしまっている状況に対して、できることはあまりにも少ない。自分にできることはすべてしたのだから、あとは他の人が頑張っていることを祈るしかない。

「アルカナ王国の頂点に立つ者は、決して絶望に屈しないのだと」

自分が人事を尽くしたように、国王たちも人事を尽くしている。だからこそ、彼女は手を合わせて祈っていた。

「ご、ご報告いたします！　ドミノ共和国のウキョウ議長様が、この都市に到着いたしました！」

パレットの部屋へあわただしく入ってきた聖騎士が、現状を把握できる吉報を持ってきた。

「ほ、本当ですか！　すぐにお通ししてください！」

祈れば通じるのだと、彼女は天に感謝をしていた。

「それから、ハピネ・バトラブ様とドゥーウェ・ソペード様も到着なさいました！」

「ええっ！」

「ミズ・サイガ様、トオン様、近衛兵の方々もご一緒です！」

「な、なんでですか！　いくらなんでも早すぎます！」

どこの誰がヴァジュラを奪ったのか、奪った誰かをどう倒すのか。それが一気に解決できそうな面々が、あっという間にそろっていた。

「い、祈っていただけなのに……」

「パレット様、法術でそんなこともできるんですね～」

「で、できません。できるのなら、もっと真剣に祈っています」

法術はあくまでも防御と治癒だけであり、祈るだけで現状が好転するような効果はない。

それだけに、パレットは好転ぶりへ対応できなかった。

「と、とにかく皆様を同じ会議室へ！　できるだけ大きな地図を持ってきてください」

×　　×　　×

「マジで悪いな、お前ら。ヴァジュラを盗まれちまったよ」

要塞都市にある宮殿内の、会議室。

ヴァジュラを所持していたはずの右京が、エリクサーとダインスレイフを伴って、疲れた顔をして頬杖をついていた。

国家が滅亡するかという緊急事態を引き起こしたはずなのに、その態度は公人からほど遠かった。取り繕う余裕がなく、疲れているということなのだろう。

「奪われてからまだ半月ぐらいなんだぜ？　暗すぎて一日の感覚が狂ってるから、正確にはわかんねえけどよ。いくらなんでも早すぎるだろ……もうちょっと余裕があると思ってたんだけどな」

「その点に関しては、我等も同意だ。今のヴァジュラに、ここまでの速さで天候を操作する性能はなかったはずだったのだが……」

「はっはっは！　こうなってしまったからには仕方があるまい、早々にヴァジュラを助けてやらねばな！」

エッケザックスの見解と同様に、ダインスレイフやエリクサー、右京も暗雲の展開が早すぎると言っていた。やはり『かなり早い段階でヴァジュラが奪われていた』のではなく、『あり得ないほどの速さで天候が変化している』ほうが正しいらしい。

「ご無事で何よりです、ウキョウ様。よろしければ、現在の状況を説明していただけませんか」

この場には主立った者、四大貴族の令嬢と切り札、ランとトオン、八種神宝《ヤクサノカンダカラ》がそろっている。

その場を代表して、パレットが右京へ質問をする。

「どうもこうも……名乗りもしねえデカいおっさんが、俺の城に上がり込んできて、ヴァジュラを奪っていきやがった」

凄まじいほど苛立たしげに、右京は発端を説明した。やはり予知通り、何者かがヴァジュラを奪ったようである。

「他に目立って被害はねえよ。ステンドも、ダヌアもウンガイキョウも無事だ。さすがに全員で来ると仕事が終わらねえから、俺とダインスレイフ、エリクサーだけで来たけどな」

「どこに所属しているのか、目的はなんなのか、わかっていることはありますか？」

「何一つわからん」

あり得ないほどの豪胆さに、トオンさえ慄《おのの》いていた。神の宝を奪われ、宗主国を危機にさらしているのに、まったくといっていいほど弱気さを見せない。もう少し、申し訳なさそうにするべきではないだろうか。

「議長様は、なにしにいらしたのかしら」

失礼極まりないドゥーウェの嫌味も、正当すぎて誰も否定できなかった。

「まあそう言うな、わかってることだってある。ダインスレイフ」

「うむ。近衛兵と交戦した時に残した血はとってある。血を吸い上げることはできないが、大まかな距離と方向は把握している」

右京と同行してきたダインスレイフは、奪ったものの位置を完全に捕捉していた。

「本当ですか！」

広すぎる暗雲の下でどこにいるかもわからない、ヴァジュラを奪った男。その居場所が分かるのなら、事態は半分ほど解決している。

この場には切り札が三人もいる上に、狂戦士であるランまでいる。その上トオンや近衛兵、聖騎士までいる。戦力的に不十分だとは思えなかった。

「では、今どこに？」

「奴は……ここにまっすぐ向かっている」

会議室の大きな机に置かれた、大きめの地図。その中心にある、現在位置である要塞都市。そこをダインスレイフは指さしていた。

「……ここに、向かっていると」

パレットは慄いているが、王都から来た組は驚いていない。祭我の予知が正しかったのだと、少しうんざりしているだけだった。

「はっはっは！　先に言っておくが、皆の衆！　今この空を覆う暗雲は、もはや無理やり雲の形を成しているにすぎん！　もしもヴァジュラが破壊されれば、大雨となって大地を洗い流すであろう！」

なぜか上機嫌そうなエリクサーは、現状をさらに詳しく説明していた。

「つまり我等はヴァジュラを取り戻し、この巨大な雲を海の上まで動かさなければならないのだ！」

「ご説明、ありがとうございます……」

パレットはやや困った顔で、己の切り札を見た。最悪の場合は敵がいるであろう場所に向かって、正蔵の魔法を撃ち込むつもりだった。しかし正蔵の魔法では神宝さえ砕いてしまう。ヴァジュラの回収が必要である以上、その作戦は不可能になってしまう。

「……この暗さだと、要塞都市からあんまり離れるのは危険ね。やっぱりショウゾウの爆撃跡で迎え撃ちましょう」

ハピネが再確認する。もはや予知通りの光景になるよう立ち回るしかない。変に逆らおうとしても、余計な手間がかかりそうである。

「この暗い中走る馬車で、ずっと揺られてきたんだもの。すっかり疲れちゃったわ。そいつが来るまではみんな休んで、英気を養いましょうよ」

ハピネの提案は、極めて適切だった。かなりの強行軍だったため、移動だけで疲れ切っている。休んで体調を整えなければ、勝てる戦いも勝てなくなる。

「ずいぶんとのんびりしているわね、ハピネ。もしかしたら、今すぐにでも雨が降ってくるかもしれないのに」

「何言ってるのよ、ドゥーウェ。相手がその気なら、とっくに降っているでしょう？」

ハピネの言葉はやはり正しかった。予知の内容では雨が降っていなかったらしいが、それを抜きにしても今更雨が降り出すとは思えなかった。

「もうとっくにこの国を滅ぼせるほどの雲があるじゃない。それでも降ってこないってことは、アルカナ王国で降らせる気がないんでしょう」

いつ降り出すか、と怯えていた馬車の旅。それが数日も続けば、怯えることにも飽きてしまう。そして言っていることもその通りで、もはやアルカナ王国の危機なのかさえ怪しかった。

もちろんヴァジュラは奪い返さなければならないが、相手の場所が分かった今では焦るのも馬鹿々々しい。

「……では、何のためにヴァジュラを奪ったのでしょうか」

パレットの言葉に、返事をするものは誰もいなかった。ただ、同じ疑問を持つ者ばかりである。

「あの、ドミノの旧政権がらみじゃないんですか？」

祭我は自分でも違うだろうと思った上で、一番怪しい相手の名前を挙げた。他に何の当てもなかったのである。

「絶対に違う、奴はドミノでも雨一滴降らせなかった。それに、俺に対して憎悪を向けてなかったからな」

ドミノの旧政権にとって、新政権と国交を結んだアルカナ王国は敵だろう。だがしかし、一番憎いのは新政権であり、革命家である右京をこそ一番殺したいと思っているはずだ。

その両方を完全に無視して、アルカナ王国に向かっている。確かにドミノの旧政権とは無関係だろう。

「じゃあなんでヴァジュラを奪ったんですか？」

「俺が知りてえよ」

正蔵の質問に、右京はうんざりしながら答えていた。

「失礼ながら、ウキョウ殿。何があったのかをもっと詳しく教えていただけないだろうか」

緊張した面持ちで、トオンが尋ねる。

「できることなら、相手がどのような術を使うのかだけでも知っておきたいのです」

「……先に言っておくが、相手は派手な術は使わなかった。普通に槍で戦ってるだけだったな。ただ……負った怪我がどんどん治っているふうでもあった」

王都から来た面々が、ランを見る。

戦闘中に自分の怪我が治せるのは、かなりの優位である。彼女はそれを、生まれながらに体得していた。

「ま……何もわかってなかったんだが、とにかくあの時何があったのかは全部言おう」

真剣な面持ちで、右京はヴァジュラが奪われた経緯を話し始めた。

×　×　×

——君達は出世したかった、国政を担いたかった。実力に見合う仕事がしたかったんだろう？

——さあ、仕事をしようじゃないか。

そこは、地獄だった。

地獄という場所に行ったことがあるわけではないが、最高責任者が要求しているのは地獄のような苦しみに耐えることだった。

——今までそういう仕事をしていた奴らを全員ぶっ殺したんだ。その分の穴は俺達が埋める。当たり前だよなあ？

——まさかお前達はこの状況で、仕事がしたいんじゃなくて他人からもてはやされたいとか、他人から搾取して独占したかっただけとか言わないよなあ？

誓ってもいいが、前任者はここまで忙しくなかったはずだった。

しかし、仮に百人を殺して、その仕事を二十人かそこらで埋めるとすれば、必然的に仕事量は五倍である。

だが、一日は二十四時間しかないのだ。そりゃあ辛いだろう。

彼らは夜が更けても、眠ることが許されなかった。

「ひぃ……ひぃ……」

こんなはずじゃなかった。

最高議長の部下になった面々は、泣きながら仕事をしていた。

大きい会議室には書類が山積みになっていた。ずっと前から処理しつづけているのに、一向に終わりが見えない。

無駄に仕事が増えているわけではない。必要な仕事を片付けようと思ったら、そうなってしまっただけだ。

人数が圧倒的に足りないが、泣き言は許されない。彼らは自分が有能だと言って売り込み、相応の地位と給料を革命政府の中で得ていたのだから。

自分はすごいはずだとか、本当はもっとすごい場所で仕事がしたいとか。地位と名誉と金が欲しいと思っていた連中が、この部屋に押し込められて右京と一緒に仕事をしている。

サボタージュをした場合、最高議長である右京が直接殺しに来るので、よほどのことがなければ休息など許されない。

名誉があっても周囲は全員同じだし、地位はあっても威張る暇がないし、給料が良くても使う暇がなく、つまり最悪の状況だった。

右京本人は率先して仕事をしている。最高議長が目を血走らせながら仕事をしているのに、まさか部下が休むことなど許されるわけもない。

――俺を失望させたらどうなるか、知ってるよな？

右京は皇帝憎しで国を滅ぼし、一族郎党を捕らえて皆殺しにするほど、異常に根に持つ男だった。そんなのを相手に、裏切りなどできるわけもない。

新皇帝の傍でうまい汁を吸いたいと思っていた彼らは、苦汁の日々を過ごしていた。

「……そろそろ寝なさい、もう夜も遅いのよ」

それでも、最近はマシになってきた。

やつれていた重役たちは、厳しいはずのステンドの言葉に顔を上げていた。

「仕事がまだ終わってないんだが？」

「このまま続けても、かえって非効率的だと言っています。この仕事が終わった後も、貴方は明日の仕事があるのでしょう。ここで命を使いつぶしてどうするのですか」

根性で国家を滅ぼした男である右京は、かなり精神論に走ることがある。

つまり徹夜で働き続ける無茶を平気でやる男だった。

それを止める人間が、ようやく現れてくれたのである。

「……はあ、属国は辛いな。仕方がない……お前ら、一旦仕事の手を止めろ。食堂に移動するぞ」

加えて、もう一つ人生にハリが生まれていた。右京の故郷の料理を食べられるようになったのだ。

食堂に移動する面々は、眠気も忘れてうきうきとしていた。皆がそこそこの年齢なのだが、まるで子供がおやつを楽しみにしているかのように足取りが軽い。

彼らが望んでいたもの。庶民では食べられない驚くほどの美食だけは、なんとか独占できていたのである。

「あがいたんでぇ《なんてこったい》～～～！」

恵蔵ダヌア。今まで神宝の半数を所有していた議長が、更に追加で持ち帰った五つ目の宝である。

その機能は極めて単純、施しの心を持つ者が使うことで、無尽蔵に料理を生産するというものだった。

一日で消えてなくなるという制限はあるものの、その効果は劇的だった。首都では彼女の生産する美味なパンやスープ、サラダ、魚や肉の揚げ物が貴賤《きせん》を問わずに供給されまくっていた。

対価として彼らの抱えていた備蓄食料を地方に回すことになったが、『不味い飯』と『美味い飯』の交換に異論はなかった。

そんな彼らでも羨む食事が、右京の側近にだけ許されていた。

「こんな時間まで働いて！　身が入りすぎだっぺ！　とっとと食べて、歯を磨いて、風呂に入って寝んさい！」

自身も農業政策に関する仕事をしていた彼女だったが、なにぶん道具なので疲労を知らない。とても元気なまま、大きな声を出している。

彼女が右京達に振る舞う料理は、ハンバーガーやラーメン、カレーというちょっとした御馳走だった。

一般の人々に配給されているのは食パンやフランスパン、スープなどである。もちろんそれらも美味だが、目の前のごちそうに比べれば見劣りするだろう。

「よし、それじゃあみんな、さっさと食って、明日も頑張れよ」

この時ばかりは、右京もニッコリ笑っていた。

目の前に故郷の料理がホカホカで並んでいる。その事実に彼も笑顔になるしかない。

そう、憎い相手は親族まで憎み、老若男女を問わずに血の果てまで追い詰める彼でも、目の前の御馳走を前に笑うしかないのだ。

「では……失礼します」

この時ばかりは、誰もが食事に没頭する。

隣にいる誰かのことなど忘れて、目の前の『ディナー』に熱中するのだ。

一種、熱気と沈黙が同居したこの瞬間の中で、誰もが小さくスプーンやフォークを動かしている。

震える手に力が満ちるほど、生き返ったと錯覚するほどに誰もが目の前の料理を平らげていく。

彼らが夢見ていた美食は、恐怖の支配者が持ってきてくれたのだ。

「ああ……旨いなあ」

議長のこぼした言葉は、全員の心中を一言で表していた。

明日も仕事を頑張ろうという気分は一切ない。明日のことなど全部忘れて、空腹を満たすまでのわずかな時間、美味い飯を食べる。

今この瞬間のためにだけ生きている。その言葉が全員の本音だった。

「……毎度思うのだが、お前は故郷で本当に平民だったのか？」

「毎度言っているけど、そうだぞ。祭我や正蔵、山水もそうだったっぽいな」

ステンドは改めて切り札たちの故郷がわからなくなっていた。もちろん、国家が豊かなら平民もいいものを食べるということは知っている。しかし、これはあまりにも度を越えていた。

アルカナ王国の第一王女であり舌の肥えているステンド・アルカナをして、右京が故郷で食べていたという『未調理の果物』がまず美味しかった。それを原料として作ったジャムを庶民や貴族が大喜びで食べているというが、それも納得である。

「……お前達の国からしたら、我らの国はさぞ貧しく野蛮に見えるだろうな」

「はっはっは！　卑屈なことを言うなよステンド！　別に俺達が建国したわけじゃないって！」

彼らの故郷は山水が人間だった五百年前から豊かだったらしい。

しかし、そんな国が近辺にあったとは聞いたこともない。果たして彼らは、そもそもどうやってここに来たのだろうか。

「ハンバーガーにポテト、コーラ……ああ懐かしきジャンクフード」

今右京が食べているのは、パンで肉や野菜を挟んだものや、芋を潰して形にしたものを焼いたり揚げたりしたものや、炭酸水に味を付けた飲料だった。

美味しいは美味しいが、粗雑な味だ、と言われればそうだとは思う。しかし、これを『廃棄物』扱いとは、彼らの国はどれだけ食料が有り余っていたのだろうか。

減反政策やら食料の廃棄さえしていたのだから、実際度を越えて豊かなのだろう。

「もう食えないと思うと恋しいもんだったが……こうやって食べるとマジで癒されるな！　まさにハッピーになれるセットだ！」

「あがいたんでぇ《なんてこったい》！　夜中に脂っこいもんばっか食べると太るがな！　健康のためにも、お野菜をたくさん出したから食べんしゃい！」

相変わらず何語でしゃべっているのかわからないダヌアだが、皆に葉菜や根菜を配っていく。

普段なら忌避してしまうところだが、今では口の中の脂を落とすにはちょうどよかった。

誰もがフォークでそれを刺して食べていく。新鮮ということもあって、この味にも満たされるものがあった。

「一番偉い主が行儀悪いことしよるばってん、みんなが真似しとるがな！　しゃきっとせんかしゃきっと！」

「いやあ、ダヌアが来てくれて本当によかったぜ。マジで」

ダヌアは一度食べた料理を生産できるのだが、右京は故郷で酒を飲まなかった。料理がこれだけ美味いのだから、美味しい酒だってたくさんあったのだろう。その点だけは皆が残念に思っている。

とはいえ、それだけ美味な酒なら飲み過ぎていたかもしれない。それを思えば、酒が出せなくてよかったのだろう。

「ほんとは、この料理も街のもんに配ってやりてぇだよ」

「そう言うなって。配給なんだから、冷めるもんを配れないだろ」

「そうだべなあ……」

仮にラーメンなどを調理済みの状態で配給したら、かなり不味いことになるだろう。文字通りの意味で。

それでも食えないことはないだろうが、不味くなると分かっている料理を配給するのもどうかと思われる。

「ダヌアのおかげで地方に食料が回って、首都は美味いもんが食えて、俺は故郷の料理が食える。いいことずくめだろう」

「こんな蔵使いが荒い使い手は初めてだべ。おめえみてぇな奴が国家全体への施しの心を持ってるたあ、わかんねえもんだべなあ」

「俺もお前と同じで、たくさんの貧困を見たからな。それが無駄にならなかったんなら、俺はそれだけで嬉しいよ」

「んだなあ……」

疲弊したドミノで、果たしてどれだけの家族がこの幸せを受けているだろうか。

それを思えば部下をこき使って過労死させて使い棄てることに一切躊躇《ためら》いはないが、それが非効率と言われれば変更するしかないのだ。

「ダヌア……卵かけご飯と醤油、それから……」

「味噌汁だべ？　しゃあねえだなあ……これで最後にすっぺよ？」

「おう、わかってる！」

「明日の朝になったら、皆で運動させるべ。マラソンと体操をするだけでも健康になれるべ」

「ここにいる奴らで、文句を言う奴はいねえよ」

自分の懐に手を突っ込んだダヌアは、トレイの上にのった味噌汁と卵かけご飯を出した。その上、湯呑みにお茶も入っている。実に気の利く蔵だった。

「ああ……これ食ったら歯を磨いて寝るぞ、お前ら。明日も仕事があるんだからな！」

聞きたくない現実だったが、相手が建国者なので一切口答えを許されなかった。

とはいえ、言っている本人は極めてにこやかだった。ほかほかの卵かけご飯に醤油を垂らし、混ぜるこの一瞬の至福は何とも言えない。

これを食べ、味噌汁を飲み、お茶を一杯。

「いやあ、お茶が怖い！」

「お茶の何が怖いっぺ？」

「いや、落語ネタだから……ん、なんだ？」

そんな一日の終わりを迎えようとして、とたん城の中があわただしくなった。食堂の中にまで、外の喧騒が聞こえてくる。

「……お前らはそこで食ってろ。ステンドとダヌアは俺について来い。まだ仕事をさせてる神宝を全部回収して、状況を確認しに行くぞ」

元々、城を攻め落とすことを得意としていた彼である。攻め落とされそうな状況に敏感だった。猛烈に嫌な予感がしている右京は、だが獰猛《どうもう》な笑みを浮かべていた。

「侵入者か……しかし、国主であるお前がそこまで敏感に動くほどだと思うか？」

「思うね。いやあ、なんとなくわかるぞ。コイツは俺の敵だ」

ステンドと話をしながら、城の各所で働いている神宝を回収して装備する。

その間もずっと、戦闘の音は止むことはなかった。その上、常に一つの方向からのみ音が聞こえてくる。何者かが一方向から、力ずくで突破しようとしているのだ。

「ご報告いたします。現在城内に、何者かが単独で侵入してきました！」

アルカナ王国から派遣されてきた近衛兵が、二人の前に現れた。その表情は、とても緊張している。とてもではないが、一人を相手にしている表情ではない。

「現在、我らアルカナの精兵が排除を試みておりますが、未だに拘束することもできない状態です。大事をとって、お二人には安全な場所への避難を……」

ほとんど素人の集まりであるドミノの兵と違い、ステンドの護衛として同行してきたアルカナ王家直属の近衛兵は、当然のように精鋭部隊だった。その彼らが拘束できていないということは、相手が尋常ならざる強敵ということである。

ステンドの脳裏に、単独で近衛兵を壊滅させた山水がよぎる。それは報告した近衛兵も同様だったが、その一方で強く言い切る。

「相手は、あの『雷切《らいきり》』ほどではありません、勝算は十分にあります！」

歩みを進めようとする二人を、報告した近衛兵が安心させようとする。

その彼を、右京は押しのけていた。

「ここは俺の城だ。起こっていることは自分の目で確かめる」

その彼の後に、ステンドもついていく。彼が何をしようとしているのか、この城に何が入り込んだのかを見届けるために。二人を止めようとした近衛兵は、仕方なくその後に続いていった。


そうしてしばらく進んで、中庭での戦闘に遭遇した。

「止めろ、これ以上城内に入れるな！」

「連携しろ、倒せん相手ではない！」

「相手を休ませるな！」

五人ほどの近衛兵が、手に矛を持った大男を包囲しながら戦っていた。

炎を纏った剣が真夜中の城を灯しており、その炎が相手を照らしている。

「手練《てだ》れがそろっているな……この己と渡り合うとは……」

他国の刺客でもなさそうであり、ドミノ帝国の兵というわけでもなさそうだった。

どちらかというと浮浪者のような、とても粗末な服を着た男だった。

防具は身に着けておらず、武器は手に持った矛だけだった。その装備でアルカナの精鋭を相手に立ち回り、余裕を維持している。

それが侵入者の強さを明確に示していたが、近衛兵は敗北など欠片《かけら》も意識していなかった。

勝てる、勝たねばならぬ。そう思っていた彼らは、更に打ち込もうとして……。

「そこまでだ！　全員手を止めろ！」

王者の気迫を持つ男の怒声によって、動きを止めていた。

ほぼ戦闘能力を持たないこの国の主は、気迫を放ちながら彼らの元へ進んでいく。

ドミノの兵達も、アルカナの兵達も、侵入者を包囲していた面々はその圧力に動きを止めざるを得なかった。

「この城の主か」

「そうだ。ここは俺の国であり、ここは俺の城だ」

包囲していた近衛兵は、息を荒くしながらも警戒を解かずに、やや包囲を緩めていた。

如何にエリクサーを持つとはいえ、危険人物を主を近づけることはためらわれたが、しかしもはや信じるほかなかった。

「こんな夜中に踏み込んできやがって……まさか、ただ挨拶しに来たとかほざくんじゃねえだろうな」

あまりにもわかりやすく怒って、あまりにもわかりやすく不機嫌だった。

仮に、彼の部下がこの視線にさらされれば、そのまま心臓が止まるのではないかという眼力だった。

しかし、相手も凡庸ではない。その眼光を受けても、ひるむ様子を見せなかった。

「……何をしに来た」

「お前が持つ神宝、天槍ヴァジュラをよこせ」

強大な権力や国家に挑む者に、天候を操作する力を与える天槍ヴァジュラ。その性能を知るがゆえに、誰もが緊張を隠せない。

「要件はそれだけだ。仮に差し出さねば、渡すまでこの城を荒らすのみ」

確かに、この城をわざわざ襲って手に入れる価値があるものは、右京やステンドの命を除けば五つの神宝ぐらいだろう。

その中でも天槍ヴァジュラは、一番奪われてはいけない代物だった。

「分かった。これだけで良いんだな？」

『ちょ、ちょっと、我が主!?』

右京は迷わず手に持っていたヴァジュラの柄を差し出していた。

あまりにも迷いがないことに慌てるヴァジュラだが、彼女にはそれを拒絶する手段など一切なかった。

「賢明だな」

「お前は馬鹿だがな」

周囲の誰もが、ポカンとするほどにあっさりと受け渡しが行われる。

本来なら止めるべきなのだろうが、誰もが見ていることしかできなかった。

『ま、待て主！　我が主！　ちょっと、これ、ちょっと!?』

強いて言えば、ヴァジュラだけが騒いでいた。

『頑張れ、ヴァジュラ。我らが主なら必ずや奪い返すことだろう』

『頑張ってねえ、ヴァジュラ。貴女なら耐えられるでしょう？』

『うむ、しばしの別れだぞヴァジュラ！』

「早く帰ってくるだよ、ヴァジュラ！」

そんな彼女を、他の神宝たちは送り出していた。

主が譲渡したならば、道具は従う他ないのである。

『お、覚えてろ～～～！』

×　　×　　×

「とまあ、そんなことがあってな」

その話を聞いた面々は、一重にヴァジュラが可愛そうだとしか思えなかった。

なんでこの男は、人間のように喋ったりする人間の姿に変われる道具を、こうホイホイと他人に渡せるのだろうか。

「近衛兵は勝てると思ってたみたいだがな……俺の目には、勝ち目なんてなかった。勝ち目がない戦いでアルカナの精兵を死なせたら、ステンドにも国王にも申し訳が立たん」

戦闘面では素人でも、戦術面や戦略面では一国家を滅ぼしたベテランである。一目見ただけで、覆せない何かを感じ取ったのだろう。ただの直感なのだが、それを全面的に信じて行動したのだ。ヴァジュラを奪った男には、切り札でもなければ勝ち目がないと判断していた。

「仮に俺が逃げても、確実に追いかけてきたな。あの場ではアレが最善だった」

逃げても無駄で、時間を稼いでも援軍は期待できない。だからこそ、一旦泳がせようとでも思ったのだろう。

当人がその切り札のいる国へ向かって来ている。とても都合がいいが、やはり不気味ではある。

「はっきり言って、ダヌア以外は差し出すつもりがあった。しかし、あいつはヴァジュラ以外は眼中になかった。その辺りもよくわからんな。どう考えても、組織のもんじゃない」

「組織の者じゃない……個人で動いているってことですか？」

「顔つきや行動を見るに自分以外の何かを信じているようには見えなかった。移動もやたらゆっくりだしな。誰かを待たせてるとかそんな感じじゃないぞ」

祭我の問い返しに、感じたままを伝える右京。そうした人を見る目は、過酷な革命の中で培ったものなのだろう。

「てっきり我を所望しているのかと思った。あれは私怨《しえん》で動いている復讐者の目だった」

「そうであったな、我が見た限りでは自棄になっている印象を受けたぞ。死んでもいい、という人間の目だったな」

ダインスレイフとエリクサーは、その長い人生と自分を使ってきた者たちとの比較でそう伝えていた。

「まあ、聞いての通りの危険な野郎だ。できれば山水にも来てほしかったんだが……祭我、頼んでいいか」

国家などの組織に所属していれば、まだ交渉の目があったかもしれない。しかし完全に個人で動いていれば、戦って倒すしかない。

どんな希少魔法を使うのかもわかっていない、正体不明の強敵を相手に。

「俺に任せてください」

祭我は、不安を振り切って断言していた。

「俺一人じゃ勝てないかもしれない、守り切れないかもしれない。でも、誰が相手でも引き下がらない、そういう覚悟のある仲間を連れてきました」

自分が戦うのは当たり前だが、一人ではない。自分の未熟さ、頼りなさを受け入れて、それでも戦うためにここへ来た。

誰もが頼る山水に、頼らないという覚悟を決めて。

それは祭我だけではなく、この場にいるトオンとラン、そしてこの場にいない者たちも同様だった。

「ああ、期待しているぞ。それでエッケザックス、実際のところは？」

期待しているとは言うが、一応戦力を確認する右京。微妙に士気の下がる流れになってしまったが、国家の存亡がかかっているので仕方がない。

「安心せい、我が主は強くなった。以前にカプトで戦った時よりも、さらに磨きがかかっておるぞ！」

しかし下がっていた士気が、彼女の言葉で一気に上がっていく。

「努力を怠ることなく、屈辱に怯えることなく、力をつけてきた。まだ甘いところもあるが、トオンやランがおれば十分補える！」

数多《あまた》の戦いを潜り抜けてきた、最強の神剣が太鼓判を押す。

「スイボクやサンスイでもない限り、何人が相手でも敵ではないわい！」

×　×　×

男は、歩いていた。

明確に感じる何かを目指して、ひたすら歩いていた。

時折腰を下ろして瞑想しつつ、それでも一つの方向を目指して歩いていた。

天槍ヴァジュラの力で、周囲の気象を操作して雲を集めている。

雨粒一つ降らせずに、ひたすら堆積させ続けている。

今のままでもひとたび雨を降らせれば、その周辺を水害で押し流すだろう。だがそれでも、男は暗雲をため込むことをやめなかった。

『……おい、お前』

天槍ヴァジュラは、一万年という長い年月を超えた時間の中で、初めてエッケザックスを羨んでいた。

気に入らぬ主を拒めない、そんな自分の機能が呪わしかった。

一言もしゃべらずひたすら歩き続けるこの男に、彼女はひたすら不満を感じていたが、しかし一つの事実に気付いて身を震わせていた。

どう考えてもおかしいことがある。

そう、あり得ないことではあるのだが、そうでなければおかしいことがあるのだ。

『おい、聞いているのか！　この天槍ヴァジュラが聞いているのだぞ！』

暗雲を作る速度が速すぎる。どう考えても、絶対にあり得ないほど速く空に雲ができている。

基本的に、ヴァジュラの機能は自然の流れに沿うものだ。密室で風を起こすことはできないし、雲がないところでいきなり雨を降らせることもできない。大きな湖か海でなければ、大きな雨雲を速やかに生み出すことはできない。

『至高の神宝である我が、簒奪者《さんだつしゃ》であるお前に話しかけてやっているのだぞ！』

どれだけ『天に対して挑む心』が大きいのか、と思っていたのだが、それにも限度というものがある。

対人仕様の己に、そんなことができるわけもない。何か別の要素があるのだ。

「黙れ」

どうでもよさそうに、ただ沈黙を男は求めた。

男は集中していた。暗雲の下で歩む彼は、昔のことを思い出して浸り、猛《たけ》っていた。積み上げたものを、積み重ねた思いを、降り積もった感情を、すべてぶつけるために彼は歩いていた。

『いいや、黙らんぞ！　ようやくお前の正体が分かった！』

「黙れと言っている」

ヴァジュラは怒っていた。それはもう、心底怒っていた。

天に挑む己が主が、皇帝という天を超えて天に至り、今後は自分を用いて民に恵みを与える神の如き振る舞いをするはずだったのに、それが一気に頓挫しようとしていたのだから。

『まったく、どれだけ迷惑をかければ気が済むのだ！　アヤツは！』

彼女は、間抜けにもようやく気付いたのだ。

この男が自分を奪ってから数日経過しているにもかかわらず、水も飲まず葉っぱ一枚食べていないことに。

八種神宝ならば飲食は不要だが、この男は人間のはず。そんなことが可能になる希少魔法などこの世に一つしかない。

『お前、スイボクと同じ仙人だな！』

その言葉が真実であることを、歩き続けていた男が立ち止まったことで確信した。

『やっぱりか！　ということは、お前の狙いはスイボクか！』

「……知っているのか、スイボクを」

『知らいでか！　人間の分際で我と同様に天を操るあの男が、どれだけ人界を騒がせたと思っている！』

仙人はヴァジュラを使わない。希少魔法の中でも唯一天候操作が可能な仙術は、ヴァジュラに遥かに劣るが同じことができるからだ。

この場合の劣るとは規模ではなく速度だった。仮にヴァジュラが三日でできることが、仙術では三十日かかることもあるだろう。

だが永遠に近い寿命を持つ仙人が、そんなものを気にするわけもない。

加えて、俗世と縁を断った仙人が、国家に憤慨するわけもない。仙人の中では若輩である山水でさえ、アルカナ王国よりも長く生きている。つまり仙人にとって俗人の国家など、大した価値がないのだ。

「……奴は、やはり悪を為したか」

『ああ、為したとも！　奴がいくつの島を海に沈め、いくつの山を試し切りし、いくつの森を焼き払ったと思っている！』

しかし、他ならぬ神宝たちは知っている。

世にも仙人らしからぬ、人界に影響を及ぼした仙人の存在を知っている。

あまりにも強大な力を持ち、それを以て暴虐の限りを尽くした男を知っているのだ。

「己は、フウケイ。スイボクの兄弟子に当たる者だ」

悠久の時の流れが、既に彼の悪行を包み隠していた。スイボクが最後に暴れてから、千五百年以上の歳月が流れている。既に彼の暴威を知る国もなく、隠れ里で神話のように語られるのみ。

「我らの故郷花札を滅ぼした、スイボクを殺しに来たのだ！」

しかし、この男は忘れていなかったのだ。故郷を滅ぼした、あの男の暴虐を。

——最強だ、これで僕が最強だ！

——待て、スイボク！

——ああ、そうだ！　何人《なんびと》も僕を、儂《わし》を止めることなどできはしない！

——貴様、ここまでのことをして、逃げるというのか！

——逃げる？　何を訳の分からないことを！　俺は出て行くのだ、俗世に降り立ち、己の武勇を知らしめるために！

本来、個人への復讐心でヴァジュラが起動することはあり得ない。

しかしその相手が、それこそ国家を滅ぼすほどあり得ない力を持っていれば話は別だ。

その個人が厄災の如き存在として、人間の及ばぬ存在であると認識されていれば話は別だ。

「己は、奴を殺す。そのために三千年を費やした」

天を操作するヴァジュラを仙人が操った場合、それはまさに天意となって天空を操ることが可能になる。

『……勝てると思うのか、あの化け物に』

「勝つ、勝たねばならぬ！　そのための三千年だ！」

三千年以上にわたって己を練り上げた仙人は感じ取っていた。

自分の歩む先にあの怪物が待っていると。

未だに力を求め続ける、大罪人が存在していると。

「今の己に、敗北などあり得ん！」

憎悪に満ちた覇気を放ち、彼はどこまでも前へ進んでいく。

緩やかな歩みは、しかし煮えたぎった憤怒を確かめるような歩みだった。

天地を己の物としたことを確信する彼は、国境など知らずに乗り越えていく。

その先にいる怪物が、自分の接近に気付いていると確信して。

遭遇

『ううう……嫌だなあ……』

八種神宝《ヤクサノカンダカラ》の中でも、最も大きく硬いノア。緊急避難用のこの船は、機動力よりもむしろ防御力に秀でている。以前正蔵が撃墜したこの船は、今のところカプトが所有し運用していた。

「まあまあ、別に戦おうっていうわけじゃないんだから」

『そもそも、使われることが嫌なんだけど……』

彼女は八種神宝の中でも唯一、使われないことを美徳としている道具である。

なにせ彼女の製造目的と存在意義は避難器具。非常用の避難船である彼女が、使われることを喜べるわけもない。

「大丈夫、大丈夫。戦うのは俺達じゃないんだし」

『けどさ……危ないところに近づくなんて、馬鹿だよ。危ないことが起きている時は、逃げるか引きこもらないと駄目だよ』

「そりゃそうだけどさ、みんながそうしてたら問題が解決しないよ」

とはいえ、そこは正蔵である。彼はまともな正論によって彼女を追い詰めていく。

「パレット様。一応聞くけど、いざって時は周囲一帯を凍らせて逃げるんだよね？」

「ええ、本当にいざとなった時はお願いします」

正蔵の最終確認に、パレットは応じた。もしもの時には逃走し、ディスイヤの切り札に託すことになるのだろう。

だがそんな必要があるとは、到底思えなかった。

今現在、船の外部には三人の最精鋭が並んでいた。狂戦士ラン、影降ろしのトオン、バトラブ家次期当主祭我。本来、人間一人が相手なら過剰なほどの戦力である。

だがアルカナ王家の切り札である右京は、勝利を確信できずにいた。

「その……ウキョウ様。貴方は勝てると思っていないんですか？」

「ああ、まったくこれっぽっちもな」

バトラブの令嬢、ハピネの質問に対して右京はあっさりと答えていた。

勝てるとは毛ほども思っていない。そんな顔で、暗雲に閉ざされた荒野を睨んでいる。

アルカナ王国の場合、ディスイヤの切り札だという男が本命であるがゆえに、この場の面々が倒れても最悪ではないと思っていたのだろう。

しかし右京はまた違う理由で、楽観をしていなかった。

「はっきり言って、俺は奴の底が見えなかった。まあ見る気もなかったが」

「どういうことですか？」

「簡単な話だ、世の中には俺の物差しじゃ測れないものが多すぎるってだけだ。ただ一つ言えることがあるとすれば、俺は奴が経験不足だとは思えないし、自分の状況を理解していないようにも見えなかった」

右京は個人の力ではなく道具の力と政治の力で国家を打倒した英雄である。

その彼にしてみれば、過去の経験や情報は軽く扱えなかった。

「お前が奴を軽く見ているのは、絶対に勝てると思っているのは、奴が近衛兵五人を相手に血を流したからだろう？」

「……はい、そうです。以前サンスイは近衛隊を無傷で、しかも殺さずに倒していました。その彼が、今あそこにいるランなら近衛隊を一人で殲滅《せんめつ》できると言っています」

「その話は本当だろう。疑わないさ」

「……それじゃあ、なんで勝利を確信してくださらないのですか？」

言い方は悪いが近衛兵五人を相手に手傷を負う相手が、ランや祭我に勝てるわけがない。

ランや祭我は、近衛兵数人なら簡単に倒せるからだ。

「俺も祭我も正蔵も、いろいろと物語を知っている。その上で言い切るが……『近衛兵を相手に手傷を負う』ことと『下の三人が勝てない』ことは矛盾しねえ」

アルカナ王国の人間ではない右京は、その辺りのことを冷静に捉えていた。

ステンドの護衛をしていた面々もそうなのだが、アルカナ王国の人間は強さの基準が山水に寄りすぎている。

山水は近衛隊を無傷で半壊させた。その山水と違って、あの男には手傷を負わせることができた。だから自分達でも勝てると、この場の面々も思っている。

「確かに奴は、手抜きとはいえ手傷を負っていた。本気を出してもそう変わるモンじゃないのかもしれない。そういう意味では、体術的には山水には劣るんだろうさ。けどな、体術が多少下手でも、強い奴は強いだろうが」

その最たる例が、この船に乗っているカプトの切り札であろう。

その彼を知りながら、楽観することはできない。

「それは……」

「安心しな、ハピネ。お前の婚約者がそのまんま負けると決まったわけじゃねえよ」

不安ではあるが、口出しをして彼らの自信を砕きたいとも思っていない。

自分では打てる手がないからこそ、恥を忍んでヴァジュラを差し出し、更にアルカナへ救援を求めたのだ。

その時点で、偉そうなことを言う資格はない。加えて、アルカナはパンドラの使い手をこの場に派遣しようとしている。

「それに、最悪でもパンドラとその使い手が来るんだろう？　それならまあ、問題ないだろうさ」

右京はパンドラの性能を知っている。他の神宝からすでに聞いているのだ。

アルカナ王国は既に最善手を打っている。であれば、それを信じるのが同盟国の務めだ。現場が既にやる気に満ちているのなら、責任者は逃げ道を用意しておくだけでいい。

「……二人とも、来たぞ！」

祭我は、未来を予知していた。

既に先日見た光景と、目の前の風景は完全に一致している。

そして、暗闇しかないこの暗雲の下、正蔵が耕した大地に一人の影が現れていた。

「これは……尋常ならざる雰囲気だな」

「ああ、これはとても強そうだ！」

ヴァジュラを手にしているその男のただならぬ気迫、風格に対してトオンは闘志を増し、ランはもはや抑える必要なしと銀色に髪を染めていた。

同様にして、ノアに乗り込んでいる面々も緊張する。

陳腐な言い方だが、見るからに強そうな男だった。そういう意味では、どの家の切り札とも明らかに異なっている。

感じるのは、圧倒的な力。ただそれだけだった。国全体を覆う暗雲、その主は身に宿した力を隠さず周囲を圧倒していた。

「……これは、強い」

改めて、威圧を受ける祭我。彼の姿はあらかじめ夢で見ていたが、それでも実際目にするとやはり違う。

『おお、我が主！　奪い返しに来てくれたのか！』

ヴァジュラが叫んでいた。哀しいかな、反抗できずに使われている彼女は、声を出すことができても主の元に戻れなかった。それでも、ノアの上で待ち構えていた主には感動しているようである。

「ヴァジュラ！　何か情報は引き出せたか！」

ノアに乗ったまま声を張り上げて、堂々と情報を要求する右京。

その容赦のなさに、誰もが閉口する。確かに、今のところ完全に謎の男である彼から何かを聞けたのは、彼女だけだったのではあるが。

『うむ、聞き出せたぞ！　この我にその程度のことができぬわけもない！』

本来なら不利になるはずの、情報の漏洩《ろうえい》。暗雲の主は、それをあえて許していた。

それは、彼にとって隠すことではなかったのだから。

『というよりも、我が頭脳をもってすれば言い当てることなど……』

「お前のどこにあるかもわからん頭のことなんぞどうでもいい！　さっさと本題を言え！」

『うう……よいか、我が主よ！　それからエッケザックス！　今すぐあのバカ仙人を、スイボクを呼んでくるのだ！　こやつは奴の同門だ！』

エッケザックスを構えていた祭我が、その脇を守っていたトオンが、唖然としていた。

同様に、ノアに乗り込んでいる面々も、山水の素性を知っている面々であれば愕然とするしかない。

そして、不老長寿のことを知らぬ面々でさえ、スイボクという名前は一度聞いたことがあった。

この国で一番強い剣士、山水。その彼が師と仰ぐ、世界で最強の男だった。

『スイボクの、同門？　我はそんな男、聞いたこともない。スイボクの修行時代といえば、少なくとも二千五百年以上前じゃぞ！』

「……お前がスイボクに使われていたというエッケザックスか。如何にも、己はフウケイ。カチョウという仙人の元で、スイボクと共に仙術を習った同門である。齢《よわい》は既に、四千五百歳。奴よりも、五百歳ほど年上だ」

壮大すぎる会話に、事情を知らぬ面々は理解が及ばない。

その一方で、山水の師と同門であるという事実は、先ほどまでの空気を完全に拭っていた。

「我が目的は、ただ一つ。スイボクの首である。奴の首を故郷に持ち帰るために、己はここまで旅をしてきた。邪魔立てするならば、斬るのみだ」

ここにきて、彼の目的も素性も完全に明らかになった。

アルカナ王国やドミノ共和国とは、まったく関係のない話だったのだ。

「ふざけんじゃねえぞ、この耄碌《もうろく》ジジイ！」

他ならぬ、白旗を上げて要求されたものを差し出した右京が叫ぶ。

たとえ敗色が見えた相手でも、自分には為さねばならぬことがある。

虎の威を借る狐であっても、言わねばならぬことがある。

「人様の城に乗り込んで、俺のもんを奪っておいて、そんな話が通るとでも思ってんのか！　人間社会を舐めるんじゃねえぞ！　ここはサバンナでもジャングルでもねえんだ！」

「……右京様のおっしゃる通りだ。フウケイ、貴方の事情は分かりましたが、それは貴方の事情でしかない。貴方の要求に従うつもりは一切ない」

祭我は予知夢によって、ヴァジュラを奪った男がこの場に現れることを知っていた。

アルカナ王国を守るため、ヴァジュラを取り返すため、ここで迎撃をする。

その予定に、一切変更はない。相手が仙人であっても、スイボクの同門であったとしても、引くことはできない。

「アルカナ王国の友好国、ドミノ共和国の城を襲い、至高の宝であるヴァジュラを奪った貴方を、アルカナ王国へ入れるわけにはいかない」

スイボクは王都近くの森に住んでいる。フウケイのような危険人物を、自由に通行させるわけにはいかない。ましてや王都近くで戦わせるなどあり得ない。

そして、個人的にも通せない理由はある。

「俺は、スイボクさんから直接エッケザックスを託されたわけじゃない。でも、俺はスイボクさんの弟子である山水の……剣術の弟子だ！」

祭我はスイボクの孫弟子であると、誇りを込めて言い切る。

「理由はどうあれ、スイボクさんを殺すという貴方を、このまま通すことはできない！」

「スイボクの、弟子の弟子……仙人でもないお前がか」

彼を素通りさせても、スイボクならどうにでもできるかもしれない。しかし、それは立場的にも心情的にもできない。

自分が戦って、自分が勝たねばならない。この役割は、ディスイヤの切り札に譲れない。

「同感だ、サイガよ。思わぬ強敵だが……引けぬのは当然だ」

トオンも同調する。祭我同様に、スイボクに会ったことがあるだけに譲れない。

世界最強の剣士でありながらも、ただの剣士でしかない自分の存在を喜んでくれた彼を、トオンはどうしても守りたかった。

「スイボクのことはともかく……強敵なら望むところだ！」

狂戦士に、凶憑《まがつ》きになったランに細かいことはどうでもよかった。

とにかく、目の前に敵がいるのならば戦わねばならない。そのシンプルさを、今の彼女は取り戻していた。

「ふむ……スイボクの流れを汲む者か……面白い、我が鍛錬を試すには十分そうだ」

底知れぬ余裕を持つフウケイの表情、雰囲気を右京は見ていた。

引き際は早く見極めねばならない。その時に決断できるのは、この場では自分だけだと理解

して。

『先に言っておくが、こやつはおそらく人参果を食っておる！　凶憑き同様に、欠損しようが焼き払われようが復元して蘇生するぞ！』

スイボクの武器だったエッケザックスが、緊張しながら叫んでいた。

相手が戦闘的な仙人ならば、軽く見積もってもかつてのスイボクと同等である。スイボクの恐ろしさを知るがゆえに、彼女は楽観の一切を打ち捨てていた。

『気をつけろ、簡単に勝てると思うな！』

「では、まずは私が行こう。危なくなれば助けてほしい」

そう言って、三人の中では一番戦闘能力が低いトオンが前に出た。

「い、いいんですか、トオンさん！」

「先行するのは影降ろしの使い手として当然だ、むしろこれぐらいは任せてくれないと困る」

危ぶむ祭我を、トオンがなだめる。影降ろしは囮《おとり》としての要素が強く、それを使いこなせるトオンが先行するのは理にかなっていた。

「……わかりました、お願いします」

能力的に不安はあるが、祭我はトオンを信じた。自棄になっているわけではなく、普段通りに余裕のある表情をしていたからだろう。

自分が先に戦いたがっていたランはやや出鼻をくじかれるが、祭我が任せてしまったので不満そうながらも受け入れる。

「……わかった。だが私が長く待つと思うなよ」

「ああ、どうせ長くは持たないだろう」

四千五百年の歳月を生きた仙人、山水と違う一人前の仙術使い。その彼に一人で挑む、その無謀に自分でも呆れてしまう。

《どのような術理であれ、どのような修行方法であれ、千五百年たゆまずに行っていれば当然のように強くなるはずだ。違うか？》

勝てるかどうかはともかく、戦うことを放棄できない。それは偽らざる本心だった。少なくともスイボクの語ることを、トオンは信じている。

修行が長いほうが勝つ、というのなら戦う必要さえない。確かにそれだけで決するのであれば、ただの我慢比べだ。

自分は人生を賭して我慢比べをしたいわけではない、忍耐強さを競いたいわけではないのだ。故にトオンは前に進む。ただの影降ろしの達人であり、ただの剣の達人であり、ただの『山水の弟子たち』の代表である彼は前に進む。

「貴殿に恨みはないが、これも俗世の縁。貴方を斬らせていただく」

「……どうやら、三人の中では一番できるようだな。お前が一番手でよいのか」

「くくく……」

フウケイの評価に一種呆れる。なるほど、自分は随分と高く見られているようだ。

その上で、一つ理解する。彼は山水やスイボクと大分異なっている。

「残念だが、私はこの場では一番弱い。それを見抜けぬとは、貴方の目は曇っているようだ」

故郷から持ち込んだ片手剣を中段に構える。その上で、走馬燈のように過去に受けた薫陶を思い出していた。

自分を倒した時に、山水は影降ろしの術理を論理的に看破していた。その彼から教えを受けていたトオンは、改めて目の前の相手を分析する。

「……ほう」

「私は、それほど大した男ではない」

魔法が使える近衛兵と戦い攻撃を受けて傷を負う程度、その上負傷も狂戦士の如く一瞬で治る。

「ふふふ」

ああ、もうそれだけで自分にできることは限られてしまう。影降ろしの欠点である、攻撃力の低さ。それがこの場でも、どうしようもない限界となっていた。

それでも、それでも、それでも。

「それでは始めようか！　我が名はトオン！　ただの一人の剣士トオンである！」

神降ろしに対して勝ち目がないから、故郷から逃げてここにいる。これ以上逃げるつもりはなかった。

「葬列《そうれつ》の舞！」

間合いを測りながら放つのは、縦に並べて直進させる捨て身の分身。

まずは牽制し、フウケイが如何に動くのか観察する。

「実体がある分身か」

なんでもなさそうに、手にしたヴァジュラで普通に斬り払う。その速度は、明らかに人間の限界を超えていた。

人体と同等の強度を持つ分身を、フウケイは槍を振るうことであっさりと切断している。それが何を意味するかといえば、狂戦士同様に自己強化を行っているからに他ならない。

ああ、まったく何をどうやっても勝てる相手ではない、と思いつつ笑いが止まらなかった。

「狭円《きょうえん》の舞！」

勝てないと分かってても、むざむざ殺されるつもりはない。

高い身体能力があってなお、彼は粛清隊を相手に傷を負っている。であれば付け入る隙は必ずある。

トオンが放った十の分身は、円陣を作ってフウケイを包囲する。なんの芸もなく一斉に、捨て身で刺し殺そうとした。

極めて単純で致命的なその攻撃を、フウケイは跳躍によって逃れていた。

「終わりか？」

長身のトオンを忠実に再現した分身を、軽々と飛び越える。そのまま上段で振り下ろしてくるフウケイ。

その一撃の重さを想像して寒気が走るトオンだが、当然殺されるつもりなど毛頭ない。

「いやいや、まさか」

無作法ではあったが、トオンは前へ飛びながら前転し、姿勢を低くしつつ移動することで回避する。

「……ほう」

一瞬前までトオンが立っていた場所に着地したフウケイは、迷いのない動きに感心していた。

「先ほどの大振りを見るに、貴殿の技量も確かなもの。加えて俊敏で、力もあるのだろう。だが戦術が粗い。私のことを、ずいぶんと侮っていらっしゃるようだ」

体勢を整えたトオンは、改めて相手を評価する。

確かに速いことは速いが、神降ろしやランほどではない。技量も高いが、常識外れというほどではない。

何よりも、読みが甘い。包囲を突破するのであれば、上方への跳躍は最適解だろう。包囲の外側にいる術者を狙うことも、戦術としては極めて正しかった。

だが、読みがそこで終わっている。悠々としていると言えば聞こえはいいが、トオンが回避するところをただ眺めているだけで、畳みかけようともしていない。

「貴方は強いが……手も足も出ないほどではない」

「よく回る舌だ」

相変わらず、相手は淡々としている。

自分の攻撃が回避されたことも、低く評価されたことも、まるで問題視していなかった。

すると、直立していたフウケイは、僅かに膝を曲げて腰を落とした。とても集中して、何かの準備をしている。

「では、これはどうだ？」

直後、フウケイの姿が突如としてトオンの視界から消えていた。

それが何を意味するのか、その場の誰もが知っている。

「背離《はいり》の舞！」

トオン以外の誰もが、トオンの背後に、縮地《しゅくち》でフウケイが移動した瞬間を見ていた。

ヴァジュラを掲げ、そのまま振り下ろそうとしているフウケイ。トオンは振り向かぬまま前に飛び、背後へ体当たりする分身を放っていた。

成人男性が全体重を込めて体当たりしたにもかかわらず、フウケイは顔色一つ変えずに、姿勢をまったく崩さずに、そのまま攻撃を続行する。

斜めに切り込まれた槍の一撃は、しかしトオンが回避したことで空振りに終わる。

「……そうか、縮地を知っているのだな。当然か」

「いいや、『今』の縮地を見たのは初めてだ」

今の縮地には、明らかな予備動作が確かにあった。

山水がスイボクから引き継いだであろう縮地にはなかった、スイボクが昇華させたことでなくなった『事前の準備』が存在していた。

「なるほど、これが本来の縮地か」

改めて、尊敬の念が湧き上がってくる。

スイボクが極限まで排除したものが、事実としてどれだけ戦闘で意味を持つのか自分の命で体感していた。

最初は意味が分からなかったが、予備動作を始めたことが分かったので警戒ができていた。もしも山水同様に事前の予兆がない縮地であれば、無傷で済んだとは言い切れなかっただろう。

「飛んだり跳ねたりと見苦しかったが、とりあえず一撃を入れさせてもらった。やはり、貴殿は硬いようだ。加えて、重い」

背離の舞によってフウケイへ体当たりさせた分身は、肩からぶつかりつつ片手剣を腹部へ刺していた。

通常なら致命傷となる、極めて単純で強力な攻撃。それを受けて、彼はまったく動かなかった。動じなかったのではなく、微動だにしなかったのだ。

「重身功《じゅうしんこう》、というところだろうか。攻撃の威力を上げるために、自分の体重を重くしていたな」

「ふむ……スイボクの流れを汲むことは間違いではなさそうだな」

まったくもって、フウケイの余裕は崩れない。

永遠に等しい時間をかけて鍛錬を積んだ自分が、百年も生きていないであろう相手に先制打をもらったにもかかわらず、彼はまるで慌てていない。

それこそ、何も不思議なことではないと言わんばかりだった。

それがノアの中から観戦している面々には不気味に映り、しかし『三人』にとっては負けてなるものかと燃え上がらせる態度だった。

『硬い、とくれば硬身功《こうしんこう》。速い、とくれば瞬身功《しゅんしんこう》。怪力を発揮するのなら、豪身功《ごうしんこう》。それらをすべて発揮することはスイボクでも難しいことだったというのに……』

スイボクの相棒だったエッケザックスは、今の立ち回りから相手の情報を読み取っていた。

確かに、フウケイのそれは彼女の知る本来の縮地だ。スイボクの同門、というのは本当のようである。自分と決別する以前のスイボクさえ超えているかもしれない、相当の実力者だった。

「なんと無茶な……」

エッケザックスのありがたい言葉に、トオンは閉口する。

改めて、目の前の相手が、或いはかつてのスイボクが如何に怪物だったのかを思い知る。

確かな槍の技、硬く速く重い体、一瞬で移動する技、おまけに蘇生能力を備えている。

そんな相手が、エッケザックスを持っていたのだ。そりゃあさぞ強いのだろう。

「それほどの相手と、戦える……戦えているとは、私も多少はましになったか」

祖国での修行も、この国で山水から受けた修行も、どれも無駄ではない。悠久の時を研鑽に費やしてきた怪物に、自分は対抗できている。

足手まといではなく、確かな戦力として数えられている。その事実を噛みしめながら、トオンは大きく距離を取っていた。

それを見て、船上の戦士たちは身が震えるのを感じた。

山水の師と同門だという男と、自分たちの代表ともいえる男が戦っている。そして致命には程遠いものの、一撃を見舞っていた。

自分たちは無価値ではなく、山水からの指導もまた無意味ではなかった。それが実証されただけでも、自分のことのように嬉しかった。

『三人とも、油断するな！　こやつがスイボクの同門である以上、サンスイの劣化と思えば殺されるぞ！　こやつはまだ、ヴァジュラの機能もまともな仙術も使っておらんのだ！』

緩みかけていた空気を感じて、百戦錬磨であるエッケザックスは警告する。

『天に暗雲がある以上、もはやここは奴の独壇場じゃ！　如何に本命がスイボクとはいえ、出し惜しみをすると思うな！　雨も風も雷も使い放題と思え！』

エッケザックスは二千五百年前のスイボクを知っている。

この男にはその当時よりも強くなったはずのスイボクを相手に、確実に勝てるという算段があるはずだった。

『この男は、あのスイボクを殺す準備を終えてここにいるのだ！』

エッケザックスの言葉を聞いて、三人は察する。おそらく彼女は、さっさと逃げろと言いたいのだ。道具であるが故の悲哀か、最強の神剣であるが故の矜持《きょうじ》か。直接逃げろとは言えないようだった。

「わかったよ、エッケザックス」

一番弱いはずのトオンがある程度戦えているのは、相手が手を抜いているだけ。そう警告してくれるエッケザックスに対して、祭我は感謝しながら前へ進む。

「ここから先は、俺が行く」

エッケザックスが逃げろと言えないように、祭我たちは逃げるわけにはいかなかった。

『……うむ』

それはエッケザックスも承知である。勝算が薄い相手に背を向けて他人任せにするなど、最強からは程遠い。

「俺はエッケザックスの所有者、バトラブ家次期当主、瑞祭我。貴方を殺し、ヴァジュラを奪い返す」

「ふん」

真剣な表情をしている祭我を前に、フウケイは油断を隠さなかった。

元より年季が違うのだが、それを抜きにしても祭我は未熟だった。ただ剣を構えているだけでは、トオンより弱く見えても不思議ではない。

そしてそれは祭我自身もわかっている。ただの剣士としては、ノアに乗っている戦士の誰よりも弱いのだと知っている。

故に侮られたことへの怒りはなく、見返してやろうという反骨心もない。

ただ、勝ちに行く。義務を果たし、アルカナ王国を救う。それだけを考えて、さらに前へ進んだ。

「サイガ……」

その姿を見て、ハピネやツガー、ランは相反する心情を抱えていた。

強大な敵に対して立ち向かう姿を誇らしく思う気持ちと、愛する人が危険に飛び込むのを止めたい気持ち。

だがノアの上にいる三人は祈り、見届けることしかできなかった。

「大丈夫なのか」

船上の戦士たちは、不安げな顔をする。思わず、彼の身を案じる声も漏れた。

もちろん祭我の姿には、敬意を禁じ得ない。外国人の身で四大貴族の次期当主になった男が、それにふさわしい行動をしていると思っている。

だからこそ、彼のことが心配だった。スイボクの同門に挑む彼は、この戦いに勝てるのかと。何もできないまま、殺されてしまうのではないかと。

「サイガとやらは……本当に強いのか？」

「如何にエッケザックスがあるとはいえ……法術では……」

バトラブの切り札である祭我には、異名や二つ名がない。それは彼が目立った功績を持たず、ただ神剣を持っているだけの法術使いとしか思われていないからなのだろう。

法術の鎧を神剣で強化しているのだ、弱いわけがない。しかし、他の切り札たちに比べるとどうしようもなく地味だった。

アルカナ王国の上層部では誰もが認める最強の剣士、『童顔の剣聖』白黒山水。

大地さえも耕し天空をも揺るがす最強の魔法使い、『傷だらけの愚者』興部正蔵。

ドミノ帝国を瓦解させた、五つの神宝を持つ、『異邦の独裁官』風姿右京。

そして、パンドラを完全に使いこなせる完全適合者、『考える男』浮世春。

その四人と同列に語られる価値があるのかと、ノアに乗り込んでいる面々は疑問を感じないでもなかった。

「大丈夫なの、ハピネ」

祈っているハピネに、パレットはそう訊ねるしかない。

山水の師であるスイボクを殺しに来た男という、途方もない相手と戦ってよいのかと、心配するのは当然だ。

「大丈夫よ、パレット。サイガは……強いわ」

ハピネは、祈りながらも祭我を信じていた。

「ああ、強い」

スナエも頷く。あの場所にいる戦力の中では、一番強いのは間違いなく祭我だった。

その期待を背で感じながら、祭我は戦おうとしていた。

トオンが戦い、その戦闘方法を暴いてくれたことで、ある程度戦術を組み立てることもできていた。

いつか山水に挑んだ時のように、無策で己を信じているわけではない。負けが許されないからこそ、勝ちにいく所存だった。

「ラン、トオンさん。俺が主体になって戦います」

エッケザックスを手に、予知を開始する。

星血《せいけつ》、時力《じりょく》とされるエネルギーを消費して、自分がどのような行動をすれば最善なのかを探る。そして……。

「はぁあああああああああ！」

聖力《せいりょく》によって身を守る鎧を、王気によって、自分の体に獣の因子を得る。魔力によって剣を燃え上がらせて、悪血《あっけつ》によって更なる自己強化を行う。

そして、それらすべてをエッケザックスで強化増幅する。

「……これは、どういう力だ」

あまりにも多彩な現象が、並行して起こっている。

フウケイだけではなく、祭我の力を知らない者たちも目をむいて驚いていた。

「うおおおお！」

悪血の副作用によって、突然の興奮状態になる祭我。

金色の装甲を身に纏った、銀色の毛並みを燃え立たせる剣士は、絶叫と共に斬りかかった。

「むぅ！」

燃え盛る神の剣による、超絶の速攻。

それを前にして、フウケイはとっさにヴァジュラで受けようとする。

「だあああああ！」

ヴァジュラとエッケザックスが、真正面から衝突した。

共に神が作った伝説の武器同士は、両雄の衝突でも破壊されることはなかった。

しかし燃え盛る魔法の炎は、押し留まることなくフウケイに直撃する。加えて身体能力が大幅に向上した祭我の一撃は、重量を増しているはずのフウケイの肉体を吹き飛ばしていた。

「どうだ！」

仙人は自然界の炎には一切影響を受けないが、魔法による不自然な炎には傷を負う。

エッケザックスによって増幅された炎に焼かれて、無傷で済むはずがなかった。常人ならば即死するはずの、全身に大やけどを負っていた。

「発勁《はっけい》」

吹き飛びながら燃え上がっていたフウケイは、空中で仙気を放出する。燃え盛っていた炎は宙に散り、痛々しい火傷の跡を残すばかりとなった。

「何がだ」

そしてその火傷の痕跡さえも、瞬く間に治癒されていく。着地してしばらくした頃には、最初と何も変わらない姿になっていた。

「仙人ではない者が、己をどうにかできるつもりか？」

何事もなかったかのように、泰然としているフウケイ。

「できるつもりだ」

不死身に思える姿を見ても、祭我はひるまない。

一旦悪血と王気の強化を解除して、頭を冷やしながら相手を観察する。

(思いのほか……弱い。接近戦なら、ランのほうがずっと強い)

再生能力や自己強化、そして槍の技。確かに強いが、今のところは、狂戦士であるランの下位互換でしかない。

だがそれは、相手がこちらを見くびっているからにすぎない。もしも本気で天候を操り出せば、一気に圧倒されてしまうだろう。

亀甲拳の秘伝書にも書かれていたが、天変地異を起こせる相手が本気になれば太刀打ちできない。

(相手がこっちを侮っているうちに、全力で畳みかける)

相手は油断し慢心している。であれば、その気になる前に殺すだけだった。相手がこちらの動きをうかがっている間に、勝利への組み立てを考える。

(俺達がスイボクさんの弟子の弟子だと聞いて、様子をうかがっている。だから攻め手を止めているんだ)

山水なら戦いながらでも正しい戦術を狂いなく組み立てられるだろうが、祭我にはできる気がしない。

今が長考できる最後の機会と考えて、畳みかける方法を模索する。

(スナエがランを倒したようなやり方は駄目だ。アレはランが自分の限界を知らなかったから成立したのであって、長年修行した仙人に通用するわけがない。それに相手へ反撃の機会を与えたら……そうだ、縮地で逃げられてしまうかもしれない)

想像の最中に最悪の可能性に行きついて、身震いする。

もしもフウケイに武人としての気構えがなければ、わざわざ祭我と戦うことはない。

縮地で遠くまで逃げれば、それだけで祭我たちは何もできなくなってしまう。

（絶対に、縮地を使わせるわけにはいかない。攻撃を続けて押し切れば、縮地を使うことはできないはずだ）

祭我にとって幸いなことに、フウケイの縮地は山水と違って事前の準備が必要になる。攻撃を与えている限り縮地で逃げられることはない。

「一気に決めるぞ、エッケザックス！」

『……うむ、ここで押し切らなければ勝ちはない！』

占術、あるいは亀甲拳。未来を予知する術を発動させ、『ある状況』へ追い込むための戦術を組み立てる。

それはその場その場での最適な形を構築する、一種の無形と呼べるものだった。もちろん完全には程遠いが、それでも今の祭我には十分すぎる。

「うううおおおおおおおお！」

咆哮《ほうこう》しながら再度肉体を強化し、全速力で走り出した。その速度は正に、目にも留まらぬ圧倒的なもの。遠くへ吹き飛ばしたはずのフウケイの元へ、一瞬で踏み込んでいた。

「舐めるな……地動法《ちどうほう》、轟沈《ごうちん》！」

突如として、祭我の体が重量を増す。

山水は触れたものを軽くする力を持っていたが、はるかに上位の仙人であるフウケイならば触れるまでもなく重量を加えることができる。

祭我にどれだけの身体能力があっても、地面そのものが祭我の重量に負けて沈んでしまうだろう。そうなれば戦うどころではない。

だがそれは、既に予知している。未知に対して想像を巡らせることしかできない山水に対して、祭我は事前に予め知っておくことができるのだ。

「そっちこそ……舐めるな！」

悪血により精度が増した火の魔法。

それを背面から放出することによって、走行から低空飛行に切り替える。

「なに？」

フウケイが重量を加えることと、祭我が飛行に切り替えるのは完全に同時だった。その迷いのなさに、フウケイは困惑して動きが止まる。

その躊躇は、高速での至近戦闘では致命的だった。重量が増している祭我は、その重さを活かして大上段から斬り下ろす。

「ぬうう！」

『ぐわあああああ！』

それをフウケイはヴァジュラで受け止めるが、威力の増している攻撃にヴァジュラは悲鳴を上げる。

「地動法、浮動《ふどう》！」

重くしている術を解き、逆に周囲のものを軽くする術を発動する。

祭我の攻撃は一気に威力を失い、フウケイは弾き飛ばそうとする。

「なんの！」

ふわりと浮かびながらも、火の魔法により空中で姿勢を制御する。

「霧影拳《むえいけん》、炎壁《えんへき》！」

祭我がエッケザックスを大いに振るうと、術者本人さえ飲み込みかねないほどの炎が巻き起こっていた。

如何に再生できるとはいえ、己さえ傷つける炎。それに飲み込まれかけた刹那、フウケイは思わず目を閉じた。

「……なに？」

炎に包まれたにもかかわらず、まるで熱を感じなかった。それどころか、瞼を閉じるだけで一切の光も感じなかった。ふと周囲を見れば、そこには炎のようなものがあるだけで、暗雲の下を照らすことさえなかった。

「実体のない幻覚だと……」

「隙あり！」

一瞬茫然とした、その隙に祭我が組み付いていた。ヴァジュラをつかんでいる腕にしがみつき、ヴァジュラを奪おうとする。

「貴様ぁ！」

さしものフウケイも、ヴァジュラを奪われることだけは恐れている。

恐れているからこそ怒り、振り払おうとする。周囲を軽くしていた術を解除し、祭我を地面に叩きつけていた。

「……な、消えただと！　さっきと同じ分身か！」

しがみついていた祭我は、地面に叩きつけられると同時に消滅していた。次々繰り出される多数の術に、フウケイは対応が追いつかない。

「その、通りだ！」

重量が軽減されなくなったことで、祭我は普段通りに立ち回れるようになった。再び燃え盛る剣で、接近戦を演じる。

体勢の崩れているフウケイを、エッケザックスで焼き斬っていく。

「ふざけるなぁ！」

それでもなお、フウケイの体は再生していく。自分を圧倒してくる祭我へ、斬り込もうとする。

「これだけ斬り込んでも、元気なもんだな」

『だが限界はある！　このまま押し切れ！』

「わかってる！」

「させると思うか！　天動法……！」

もはや泰然とした姿はない、激怒したフウケイは祭我を見据え、大規模な術を発動させようとする。

「はあああああ！」

その後頭部に、ランの上段蹴りが入る。

「ぐぅ！」

「いくら治るといっても、頭が揺さぶられると、術を発動するどころじゃないだろう？」

実体験に裏付けられた奇襲を叩き込み、誰よりも戦いを望んでいたランが猛攻を仕掛ける。

「はははははは！」

元より、持久力にかけては祭我さえ大きく超えるランである。

無防備になっているフウケイへ、怒濤の連続攻撃を叩き込んでいった。

「ぐ、ぐぅう！」

「無駄だ！　お前の動きはとっくに見切っている！」

ヴァジュラを使って何とか反撃しようとするフウケイだが、まるで抵抗できなかった。

「縮地で逃げられないなら……仙人といえども、私に勝てるものか！」

祭我と違い、間断が一切ない猛攻。それはフウケイの体を的確に破壊し、再生能力がまったく追いつかないほどだ。

「ははは！　どうしたどうしたどうした！　何千年生きているのか知らないが、サンスイよりもずっと弱いぞ！」

頭を叩けば、術の発動を防ぐことができる。だが頭を叩き続ければ、さすがに相手へ防御を許してしまう。だからこそ、動体や手足にも攻撃を加え、攻撃に幅を持たせていた。

「調子に……乗るなああ！」

頭を揺さぶられながらも放ったのは、全身から噴出させる発勁《はっけい》。

本来触れなければ意味がないはずのそれは、至近距離にいただけのランの全身を揺さぶっていた。

「ぐ……！」

調子に乗るな、と言われたランは、実際に自分が調子に乗っていたことを反省する。

なまじ山水に痛めつけられたからこそ、その山水と同じ術を使う相手を叩きのめすことに熱中してしまった。

「反省はするが……後悔はない」

「凶憑《まがつ》き如きがぁあ！」

一瞬硬直してしまったランへ、フウケイは追撃を加えようとする。

一撃で脳天を叩き割る、ヴァジュラを振り下ろそうとして、しかしそれが防がれた。

「横から失礼」

「あいにく、こちらは一人ではないのでな」

トオンの分身が硬直しているランを抱えて、その場から離れる。そして当然、それだけではない。

「鉄杭《てっくい》の舞」

背後からフウケイに襲いかかるのは、トオンの分身二体。狙いは一番防御が薄いはずの、両足の甲だった。分身が全体重を込めて剣を突き刺し、フウケイの足を地面に縫い留める。

「如何に私が非力とはいえ、足の甲に突き刺すぐらいはできるようだな」

「ぬぅがあああ！」

ランへ反撃したとき同様に、全方位への発勁を放って分身をかき消す。

しかし悲しいかな、トオン本人は大きく距離をとっている。

「影降ろしの本領は、分身を使い潰せることにある。いざ戦ってみると、簡単につぶせる分身で鬱陶しいだろう？」

「そして、私はもう復帰したぞ」

全方位への発勁は、有効射程距離が短い。攻撃力も低く、狂戦士であるランにとっては数秒で全快する軽い怪我だった。

「体が一つで、仲間がいないと大変だなあ！」

「まったく同感だ！」

休みなく高威力の攻撃を叩き込めるランと、複数の分身によって斬りつけることができるトオン。

その二人に一度追い込まれれば、脱出などできなかった。仙術では、体が一つでは、手数で勝てるわけがなかった。

「ぐ、ぬぅううう！」

ヴァジュラを摑むフウケイの手に、更なる力が込められる。

悠久の時を超えて鍛えたにもかかわらず、怨敵《おんてき》にさえ出会えぬ理不尽に激怒する。

「ぬがぁ！」

仙術の発動ではなく、ただヴァジュラが活性化しただけ。反逆の天槍は、使用者の激情に応じて天を騒がせた。

ただそれだけで、暗雲を無数の雷鳴が迸《ほとばし》った。

「ちぃ！」

二人は確信する。やはりこの男に、天を揺さぶる力を使わせてはならない。

もしも今の状況で隙を作ってしまえば、自分たちは災害によって飲み込まれてしまうだろう。

決着を急がねばならない、確実に絶命させなければならない。

「二人とも、下がって！」

息を整えたであろう祭我が、再びフウケイに斬り込む。

トオンもランも祭我に応じて、全力でその場から離れていく。

「分身か、本人か？　どちらでも同じだ！　貴様らのやることに、何の意味もありはしない！」

フウケイには、怒りだけがある。見下している相手に手こずっていることへの怒りである。死や敗北への恐怖などみじんもなかった。

「違う！」

相手の思いを、自分の思いで否定する。

自己肯定のぶつかり合い、互いの尊厳のぶつかり合い。それは暴力を加速させる。

「俺達は強くなるために頑張ってきた！　必死で、何ができるのかを考えてきた！　絶対に、無駄じゃないんだ！」

素質に甘えて普通の戦士よりも強いだけで満足していれば、トオンもランも祭我もここまで強くなれなかった。

「それだけ話せるということは、本体のようだな」

ランとトオンの猛攻と比べれば、祭我一人では手数が及ばない。

再び重量が増す仙術が発動し、祭我の体が地面に埋まりそうになる。

先ほどよりも、明らかにその効果が上がっていた。

「いいや、こっちは分身だ」

這いつくばりながらも、にやりと笑う祭我。それを見たフウケイは、ヴァジュラを掲げながらも周囲を見る。

そこには目を閉じて、分身の操作に全神経を集中している祭我がいた。

「それにしても、天地を操る術を使えるのに、まだ気付いていないのか？」

そして既に、祭我は仕込みを終えていた。

「なんだ、これは……」

フウケイは、今更気付いた。自分の足元にある大地が、明らかに染色されている。彼自身からあふれる鮮血だけではなく、何かの術により地面に色がついている。

「爆毒拳《ばくどくけん》。触れたものを爆発させる希少魔法、拳法だ。俺は二人が戦っている間に、この辺り一帯に準備をしておいたんだよ」

エッケザックスによって効果を増している希少魔法、まして十分な準備をしているのならその威力は炎の魔法さえもしのいでいるだろう。

「くだらん……わざわざ教えて何のつもりだ？」

縮地で逃げてしまえばそれで終わり、離脱しようとしたフウケイは、しかし膝をついていた。

「な、なんだ？　か、体が……」

「酒曲拳《しゅきょくけん》、周囲に感覚を狂わせる場を展開する術だよ。これはこの分身で使ってる、至近距離だとよく効くだろう？」

「ぐ、ならば……！」

完全に感覚が狂いきる前に、分身を消してしまえばいい。満足に動かせない体を使って、分身を斬り殺そうとする。

だが、それはできなかった。

「起爆」

フウケイの片腕、肉体そのものが爆発していた。

「な、なんだと！」

「最初に分身で組み付いた時、爆毒拳で腕そのものが爆破するように準備しておいた。腕が爆発したんだ、至近距離どころじゃない」

フウケイの腕だけではなく、体の半分が吹き飛んでいる。それを見届けた分身は満足げに微笑み、そして消えた。

「起爆だ」

フウケイの立つ場所そのものが、周囲全体がすさまじい音を出しながら爆発した。

それは既に破壊されていたフウケイの肉体を粉みじんにするに十分、それどころか過剰すぎるほどの火力だった。

天地

『スイボク、お前は何を考えている！　カチョウ師匠の元を離れて、他の仙人の元で修行を積むだと!?』

『ああ、錬丹法《れんたんほう》を学んでくる。仕方ないだろう、我らが師は錬丹法を不得手としているのだから』

『そういう問題ではない！　お前には仙人の何たるかがわかっていない！　お前は、仙人を仙術を操るものだと勘違いしている！　真の仙術は、仙道は、自然との和合を目指すのだ！　お前は素質に溺れ技に溺れている！』

『はっはっは！　素質もなく溺れる技もない奴が負け犬の遠吠えか。見苦しいぞフウケイ！　そもそも僕は……じゃなかった、俺は最強の男になるために仙術を学んでいるのだ！　お前の寝言に付き合うつもりはない！』

『ふざけるな、仙術を争いなどという下賤なことのために使うお前を、このまま行かせるわけにはいかない！　我らが師、カチョウの名誉にかけて、お前を止める！』

『はっはっは！　フウケイ、お前は……俺に勝てるとでも思っているのか？』

×　×　×

バトラブの切り札、瑞祭我の圧倒的な戦闘力。それを目の当たりにした、ノアに乗り込んだ面々は言葉を失っていた。

ある意味、正蔵以上にあり得ない存在だった。

「これが、サイガよ。あらゆる魔法の素質を持つがゆえに、法術だけではなくあらゆる希少魔法を発揮できる。魔法を覚えれば覚えるほど、際限なく強くなっていく。それにエッケザックスが加われば……」

この世界の住人にとって、これほど恐ろしい話はないだろう。どのような天才でも一種類の魔法しか使えないのに、祭我だけはあらゆる術を使用できるのである。

「祭我は、正に切り札というべき力を発揮できるわ」

爆発した大地を見るハピネは、己が選んだ男の力に身震いしていた。

闇雲に術を乱発するのではない、必要な時に必要な術を使うという、基本的な戦術が存在していた。

偶然でも楽勝でもない。祭我たちは格上と戦い封殺し、確実な勝利を得ていたのだ。

「サイガは……他の切り札にも負けてないのよ」

「はい、ご立派になられました……」

ハピネの言葉を聞いて、ツガーは思わず涙した。彼の挫折や再起が、決して無駄ではなかったことに感動したのだ。

素質に甘えるだけだった最初では、こんな強さを得ることはできなかった。挫折したからこそ、再起したからこそ、自分の問題点を改めてぬぐったからこその強さだった。

「兄上も、ランも……見事だった」

スナエは祭我だけではなく、トオンやランを褒めていた。

祭我一人だけでは危うかった、それは事実である。だがトオンとランがしっかりと抑えていたし、各々だけでもきちんと立ち回りができていた。足の引っ張り合いではなく、お互いを補い合うことができていたのだ。これもまた、素質ではなく彼らの努力によるものである。

「ああ、そうだった……トオン殿、お見事でした」

トオンと切磋琢磨していた戦士たちも感動している。あの場では唯一凡庸といっていいトオンが、確実に戦力として機能していた。

彼は自殺をしに行ったわけでも、庇われに行ったわけでも、無様を晒しに行ったわけでもない。彼の参戦は無意味ではなく、意味のあることだったのだ。

「はあ、スイボク殿の同門と聞いた時はどうしようかと思ったけど、思ったよりは大したことがなかったわ。でもまあ、これで全部解決ね。三人を拾いに行きましょうか」

余裕のある振る舞いをしているドゥーウェも、表情には安堵と幸福があった。

「待て！　まだ終わっていない！」

戦慄した表情のダインスレイフが、絶叫していた。

「奴はまだ生きている！」

探知能力を持つダインスレイフは、自分でも信じられないと思いながらも生存を叫んでいた。

肉片が残っているかも怪しい攻撃を受けたはずのフウケイが、生きているわけもない。多くの者が、その言葉を信じられずにいる。

「なあ、正蔵。これってアレじゃないか？」

「うん、これはアレだね」

一方で、客観視している右京と正蔵は背筋が凍るものを感じていた。

「俺さ、これと似たような展開漫画かラノベで読んだことある。超強いキャラクターの手抜きの舐めたプレイってやつ」

「ああ、今までは第一形態でこれからが本番だってやつだな」

良くも悪くも、正蔵も右京もこの世界の常識には囚われていない。

つまり、『常識的に考えてもう勝負はついている』という考えが脳裏にも浮かばなかった。

『……うわあ!?　本格的に仙術が発動してきた！　周囲の気圧が下がって、その上温度もどんどん下がってきてる！』

彼らを乗せているノアも、同様に危険を観測していた。

天地を自在に操る力を持った仙人が、その術理を解き放とうとしていたのである。

×　×　×

三人には、船上の騒ぎは聞こえなかった。もとより船の上と地面では距離があり、開けた地形であり、なによりも爆心地の近くだったため他の音が聞こえなかった。

「なんとか押し切れた……」

祭我は荒く息をしていた。全力で戦闘していたので、どうしようもなく疲労していた。もしも短期決戦に失敗していれば、逆に負けていたかもしれない。

それは祭我だけではなく、トオンも同様だった。平然としているのは、ランだけである。

「私の蹴りを受けてもあっさりと耐えるあたり、硬くはあった。だがそれだけだ。対応できないほどではない」

「何度も思ったが、一拍遅い。サンスイ殿に比べて、どうしようもなくこちらの攻撃を許している。視野が狭く、気配の感知も活かせていない」

もしかしたら、自分達も山水から見れば似たようなものかもしれない。

仙人が強いのではなく、山水やスイボクが強いのだと三人は理解せざるを得なかった。

『ここまで叩き込めば、人参果の効果も使い果たすであろう。ヴァジュラを回収すれば、この戦いも終わりじゃな……』

「……来る！」

勝利を確信したエッケザックスの安堵を裏切るように、祭我は最悪の光景を予知していた。

即座に全員をカバーできるほどの『天井』と『壁』を、法術によって生み出す。

その直後まるで水桶をひっくり返してきたかのような巨大な水の塊が、周辺一帯に『落下』してきた。

それはノアの上にも、祭我達三人の上にも降り注いでいた。

「ぐぅ……！」

生み出した壁にのしかかってくる重量を、必死で支える祭我。

仮に自分がその重みに負ければ、そのまま三人とも膨大な水の圧力と流れによって、あっという間に死んでしまうだろう。

それを予知したからこそ、祭我は必死で巨大な水の塊からの圧力に耐えていた。

「大丈夫か、サイガ！」

「あ、ああ……なんとか持つと思う！」

祭我が限界を迎える前に、周囲を覆っていた莫大な水の落下は収まった。

先ほど以上に疲労した祭我は、あわてて光の壁を解除する。

「まずい……聖力を消費しすぎた……」

ひらけた視界の先に、先ほどまでは乾燥していたはずの大地が、一瞬で沼地の如き泥まみれになっているのを三人は見た。

比喩誇張抜きで、天災によって地形が変わっていたのである。

「……これが、人間の使った術なのか？」

「これが、天を操る仙人の、本当の力……」

自分達にこれだけの力が向けられていたのだと知って、ランとトオンは茫然とする。

先ほど祭我が使った爆毒拳も、あり得ないほどの破壊力だった。だがいましがたの豪雨によって、その破壊の痕跡は洗い流されている。もはや正蔵の残した凄惨な光景さえ消えていた。

「……これが、亀甲拳の恐れた力」

人間の太刀打ちできる限界をはるかに超えた、気象災害。

それを意のままに操る相手を、今自分たちは敵に回し、それどころか怒らせてしまった。

その事実が、三人を震わせる。

「随分と、よく鍛えられている。様子見のつもりだが、ここまでやられるとは思っていなかった。人の技も、決して怠っていたわけではないのだがな」

そこには、元通りになっている男の姿があった。

ヴァジュラを手にしているフウケイは、周囲に竜巻を伴いながら支配者然としている。

先ほどまで失っていた余裕を取り戻し、最初から存在していた力の差を見せつけていた。

「三対一とはいえ、異能があるとはいえ、ここまで圧倒されるとは思わなかった。やはりスイボクの弟子に認められただけのことはある」

怒っていないわけではないだろう。だが怒りは抑えられており、先ほどまでとは違って祭我たちを観察していた。怒ったままに冷静さを取り戻し、そこからスイボクの現状へ想像を巡らせていた。

「とはいえ……やはりスイボクはそこまで落ちたか」

フウケイにしてみれば、ただ感想を漏らしただけだった。

だがトオンと祭我には、聞き逃せない侮辱だった。

「どれほど腕を上げたか知らないが、俗世で名を売り、仙人にあるまじき地位や名声を得たか。未熟な分際で弟子を取り、その弟子に孫弟子まで取らせて国に取り入ったか」

二人の知る仙人観から言えば、権力と手を組むというのは確かに好ましいものではない。

だがスイボクも山水も、素朴で尊敬のできる人物だった。俗人の城へ攻め込んで、宝を奪う男に堕落していると言われるなど許せない。

「……やはり、討つしかない。奴は、この手で討ち取るしかない」

だがしかし、その感情はまったく無意味だった。強大極まりない相手には、怒りを伝えることさえできない。

フウケイの周囲に発生していた小さい竜巻が、集合してフウケイを完全に隠し、拡大していく。

『まずい！　全員全速力で奴から離れろ！』

スイボクに使われていたエッケザックスは、フウケイがヴァジュラと仙術によって何をしようとしているのかを瞬時に理解した。

三人はフウケイに背を向けて走り出す。身体能力で劣るトオンの手は祭我が引いていく。

「くっ……耳が痛い！　何が起きているんだ⁉」

ランが耳を押さえる。高感度である彼女は、今自分の周囲で環境が激変していることを感じ取っていた。とはいえ、分かったところでどうなるものではない。フウケイを中心に竜巻が発生し、天の暗雲が猛烈な速度で回転を始めているという事実を前に、一人の人間でしかない彼女にできることはなかった。

『よいか、背後のことは気にするな！　あの竜巻そのものは攻撃が目的ではない！　周辺の大気は、あの竜巻に向かって流れ込んでいる！　その流れに乗せて、雲の中で育てた雹《ひょう》を降り注がせてくるはずじゃ！』

「どうりで冷えるわけだ……！」

数日にわたって国全体を覆い隠していた暗雲は、日光を地表に届けなかった。

それによって、アルカナ王国もドミノ共和国も、どちらも気温が下がっていた。だがその寒さが、さらに加速していく。

『気温の変化は奴に利するぞ！　凍結させることは不可能でも、体を鈍らせることは容易じゃ！　とにかく今は、竜巻から離れろ！』

「……エッケザックス！　予知したら、地面が浮かび上がって、竜巻に吸い寄せられていく！」

『そんな馬鹿な!?　浮遊群島じゃと!?　アレは長期間滞在した土地でしか使えぬ大規模な術のはずじゃ！　蟠桃《ばんとう》を食っているとしても、ものには限度があるはず！』

エッケザックスの困惑をよそに、予知した通りに地面の一部が浮かび上がっていく。

全体が丸ごと浮上するのではなく、人間が乗れる程度の塊になって浮かび上がり、ただでさえ泥に覆われている地面が、さらに走りにくくなっていく。

『とにかく離れろ！　そろそろ本命が……』

「来た！」

エッケザックスの警告したように、人間の頭ほどの氷が上空から降り注いでくる。

その規模たるや、まさに天災そのもの。建物の屋根を突き破り、城壁にさえ損傷を与えるそれは、人間に命中すれば即死は免れない。

『ぬぬ……ええい！　浮かび上がった地面が元あった穴に飛び込め！　この術は深く掘り返す術ではない！　一度地面を掘り返せば、その部分は安全地帯となる！』

エッケザックスは刻一刻と変わっていく状況の中で、祭我が選べない未来を見つけ出していた。

「……しかし、この術の『穴』は、敵も熟知しているはずでは!?」

「そうだぞ、ここからさらに畳みかけてくるんじゃないか？」

「いいや、どのみちこのままじゃ無理だ！　とにかく飛び込むんだ！」

躊躇するトオンとランを祭我が制して、全員で同じ穴に飛び込む。そのまま天井代わりに薄い光の壁を張る。

当然のように巨大な雹《ひょう》が降り注ぐが、光の壁を打ち破ることはなかった。

「危なかった……あのままだと、まずトオンさんがやられてました」

最悪の予知を免れたことに安堵している祭我だが、状況は一向に好転していない。

『ともあれ、いろいろおかしいが、奴も本気を出してきたの……これだけの術を二つも使っておるのじゃ、それこそ自分の術で誰をどの程度倒せたかなどまるで把握できておるまい』

「……つくづく、人間を相手にしているとは思えないな」

エッケザックスの言葉に、寒さから体を震えさせているトオンは泣きごとを言いそうになっていた。

格闘術では三人がかりである程度追い込めていたが、一度敵が本腰を入れ始めれば子ネズミのように逃げ出すしかなかった。

調子に乗っていたことが恥ずかしくなるほど、規模が違う。当初からあった、エッケザックスの慌てようも納得というものである。

「彼を素通ししていたら、王都近くでこれをやられていたのか……」

ここまでの規模の術である、周辺被害は甚だしいだろう。

相手が強大であればあるほどに、逃げるわけにはいかなくなっていく。

「テンペラの里が壊滅するわけだ……」

あまりの状況に、狂戦士になったままのランが嘆いていた。とてもではないが、拳法でどうにかできる規模の術ではない。

仮に操っている個人を殺せば止まるとしても、こんな自然災害と戦うなど冗談ではない。

『テンペラの里の時は、天候が良かったのでこの手の術は使えなんだ。よって、我を除けばほぼ自力じゃったぞ。とはいえ……おかしい、天候操作はヴァジュラの力があるとしても、初めて訪れた大地をここまで揺るがすとなれば、活性化している火山地帯でもなければできぬはずじゃ』

仙術は基本的に自然の力を利用する術である。

空に雨雲があれば雨をある程度操作できるし、近くに火山があればその力で大地を意図して揺らすこともできる。

しかし、周辺一帯の地形を操作するには、ここはあまりにも平地すぎる。

『先ほどの再生もそうじゃ……いくら人参果を食っているとしても、蘇生に限りがある以上、本命であるスイボクを倒すために無駄な蘇生をせずに戦おうとするはず……なぜ一度は致命傷を喰らってから悠々と気象を操り始めた？』

一旦おとなしくしている三人は、黙ってエッケザックスの話を聞いていた。

ヴァジュラがあるので天候操作には仙気を殆ど消耗しないとしても、自分から離れたところの土を大量に浮かせるなど疲れるはずだ。

大地を揺るがす力、自分を治す力はどこから持ってきているのかわからない。なまじ仙術で可能なことであるだけに、意味が分からないことだった。

「……まさかとは思うけど、無尽蔵に蘇生できて、無尽蔵に大地を揺るがせるんじゃないか？　それこそ、無尽蔵の仙気によって」

祭我は、思い出したようにこの状況に適したチート能力を口にしていた。

物語の中ではよくあった、インチキ極まりない能力が自分の敵として現れたのならば、この状況にも納得がいく。

『それは原理的に不可能じゃ、少なくともスイボクは無理だと言っておった。じゃが、だとすれば、それが奴の勝算なのかもしれん』

「この三千年で、そういう方向に伸ばしたと？　体術ではなく、あり得ざる仙術を会得したと!?」

「どうりでいくらぶちのめしても、余裕綽々《しゃくしゃく》ってわけだ！　くそったれ！」

トオンもランも、相手の余裕と勝利への確信に理解が及んでいた。

最初から勝ち目などなかった、どうあがいても殺せるはずがなかったのだ。せめてヴァジュラを奪うことに専念するべきだった。

「まだ生きているのか」

竜巻が消え、雹も収まった。逃げ出したい気持ちを抑えながら、三人は穴から這い出る。

大規模な術を使ったにもかかわらず、相手はまるで余裕だった。

五体満足で、一切怪我を負っていない三人を見ても、まるで動じていなかった。

「ふむ、よく凌ぐ……エッケザックスとか言ったか、お前が逃れる手段を教えたようだな。スイボクに使われていたのは、伊達ではないようだな」

『そっちこそ、スイボクを殺す準備を終えているというのも、あながち大法螺《おおぼら》でもないようじゃな』

竜巻の中から出てきたフウケイを前にして、三人の顔色は優れない。

先ほどまでとは違い、もはや接近することさえ困難な状況だった。まして、接近して攻撃しても、何にもならないとわかってしまっている。

「人の技、地の理は我にあり。なれば、天の槍がこの手にある限り敗北はあり得ん」

一段と冷え込みが増してきた。陽の光が届かぬ暗雲の下、更なる寒波が大地を満たしていく。

「己が、奴を討つ。そのために、三千年を費やしてきた」

雪だ。

泥まみれの大地に降り積もる雪は、彼らの足場をさらに悪化させていく。

ただでさえ視界の及ばない暗雲の下で雪が更に視界をふさぎ、人が三人はいるほどの穴が大量にあいた大地で戦う。

それがどれだけ絶望的かなど、考えるまでもない。

「貴様らに、返礼をしよう。我が仙術を味わうがよい」

軽んじるべきではなかったのだ、彼の三千年を。

一人の敵を討つために、悠久の時を捧げた彼の人生を。

「そして知れ、仙術こそ唯一人間が天地を揺るがす力であると」

仙人ではない者など、敵ですらない。

そう確信している彼は、バトラブの切り札を前に勝利を疑わなかった。

相手の能力が如何にあっても、天をも揺るがす今の自分には負けることなどないのだから。

「国ごとは無理でもこの周辺を照らすぐらい、俺ならできる」

しかし、この場にはもう一枚切り札が存在する。

八種神宝《ヤクサノカンダカラ》の中でも最高の防御力を誇る箱舟に乗り込んでいた、このカプトを守るための切り札が存在する。

最強の魔法使い『傷だらけの愚者』興部正蔵。

ノアに乗り込んでいる彼は、その力で巨大な炎を生み出していた。

高熱は雪を溶かし泥を乾燥させ、下がっていた気温を大幅に上げ、さらに視界さえ確保していた。

「……馬鹿なっ⁉」

自分がこの熱を不快に感じるということは、頭上に出現した炎が不自然な魔法の炎であるということだ。

しかしこれだけの規模の術が、人間の魔法だとはフウケイには信じられなかった。

暗雲の下に放たれた極大の炎は降り注ぐ雪を蒸発させ、フウケイが信じていた天を掌握していた。

「まだスイボクの流れを汲む者がいたか……！」

この世の不条理の根幹は、すべてスイボクに帰結するとでも思ったのか。

予定通りにいかぬことへ苛立ちながらも、フウケイは大地を動かし始めた。

先ほど浮遊させた、地面からくりぬいた土の塊。それが衛星のように、フウケイの周囲を回っていく。

「……」

新しい攻撃の予兆、それは接近戦ならば大きすぎる隙だった。

だがしかし、もはや妨害することはできず、何よりも不死身を相手に殺す手段がない。

それを前にして、祭我は決断するしかなかった。

「みんな、逃げろ！」

強化した身体能力による大声、それによってノアに乗っている面々へ叫んでいた。

幸いというべきか、フウケイの力をもってしてもノアを壊すことは容易ではない。

しかし今更三人が乗り込もうとしたところで見逃してもらえるとは思えず、乗り込めばむしろ破壊しようとするだろう。

「ここは俺達が時間を稼ぐ！　とにかく逃げるんだ！」

その叫びを聞いても、ノアに乗っている面々が速やかに避難できるわけもない。

それを分かった上で、祭我は汗を流しながらエッケザックスを構えた。

「二人とも……ごめん」

祭我に謝られた二人は、忘我の境地から帰ってきた。

そう、自分たちは戦いに来たのだと思い出したのだ。

「謝ることはなにもない、むしろ逃げろと言われたらどうしようかと思ったぞ」

「その通りだ、もう一度ぶちのめしてやろう！」

相手がどれだけ強大でも、まだ戦える。それならば、最後まであがく。

高揚感が死への恐怖をごまかしているのだと分かっていても、三人の心は一つだった。

「遊びは、終わりだ」

その覚悟を、仙人は一笑に付す。

もはや戦闘をするつもりもないのか、大量の土塊を三人に向けて発射していた。

「外功法《がいこうほう》、傾国、奈落」

一つ一つが、人間よりも大きい土の塊。それが殺到してくる中で、三人は必死に前進していた。

如何に照らされているとはいえ、大地は穴だらけ。走りやすいわけもなく、移動も制限される。

それでも、三人は回避しながら前進していた。

「下らん」

決死の前進を見ても、フウケイの心は毛ほども動かなかった。

「お前たちから得るものなど、もう何もない」

フウケイは腰を沈め、集中する。その呼吸は穏やかで、何の淀みもなく術を発動させることができていた。

一拍の後、縮地《しゅくち》。走っていたトオンの、直前に現れる。

「な！」

それに祭我とランは気付くが、間に合わない。回避しながらの前進は、三人を引き離してしまっていた。

「……」

トオンは既に反応しているが、ここからどう動いたとしても絶対に対応できない。

決して素早くない、硬くない、この場では一番弱いトオンは、この状況でできることなど何一つなかった。

「師を、スイボクを呪え」

「……」

トオンは他人を呪わず、無様を晒さなかった。

己に迫る白刃を、三千年の怨念が込められた一撃を、その目に焼き付けながら受け入れていた。

「無念だ」

番外編

火柱

雲上の如き光景である、神の座。

被造物である八種神宝か、神が間違えて殺してしまったものしか訪れることがない、神だけの世界。

神はそこで、いつもと変わらずに仕事をしていた。

この世界を管理する、ただそれだけの仕事。そこでどれだけの命が生まれても、どれだけの命が死んでも、どれだけの苦しみや悲しみがあったとしても。

それでも彼は、ただ管理だけをする。その世界にとって素晴らしいことが起きるかどうかなど、彼は毛ほども気にしない。

まさに神の視点で、無機質に管理をしている。それは正に、ただ仕事をしているだけだった。楽しみも苦しみもなく、平坦な作業でしかない。

しかし、それを脅かす事象が発生する。

「……うぉう！」

紙の上で筆を躍らせ、淀みなく文章を書いていた神の手が止まった。驚愕した彼は、机の上から目を離す。

振り向いたその先には、強大な火柱が立ち上っていた。

「……ば、バカな……」

雲の上の世界で、さらに上空まで火柱が昇っている。

それは通常ならあり得ないことであり、しかしその火元がなんなのか神は知ってしまっている。

「あの化け物が、また動いたというのか……」

およそ二千五百年前から、千五百年前にかけての千年間。この火柱は、頻繁に発生していた。

「どこのバカだ、あの化け物を動かしたのは……」

神ならば、確かめるまでもない。この世界で燃えているものといえば、人間の命を表す蝋燭《ろうそく》しかない。

人の命の輝きを表す灯火《ともしび》は、一定の火の強さではなく常に上下する。その上で、個人差も激しかった。

強大な権力を持つ者であれば大きく、その全盛期ならばなお大きい。何もなせぬまま死んでいく者ならば小さく、それは生涯変わることがない。

まさに人生の輝きを明示するその火だが、ここまで極端な火柱になるなどあり得ない。所詮は蝋燭の炎、見比べねば差異などわからない。

ここまでの火柱など、世界に生きるすべての人命を合わせても足りるものではなかった。

であれば、この火柱を起こしている人間の命は、この世界に生きるすべての命を合わせた分よりも燃え盛っているのだろう。

「奴め……この世界を滅ぼす気か」

まさに燃える命にして、焼き尽くす命。

その火元である蝋燭が示す人間こそ、この世で唯一、この地へ自力でたどり着いた者に他ならない。

『水墨《すいぼく》』

天地を揺るがし星さえ砕き、神さえ畏れる世界最強の男。

眠ったように過ごしていた彼の命が、かつてよりもさらに強大な力を得て、再び燃え上がっていた。

「昔よりもでかくなってる……もうダメかもしれん」

神もまた、運命に翻弄される小舟に過ぎない。強さを増して燃え上がる命を見上げて、ただ諦めの境地に浸っていた。

あとがき

地味な剣聖はそれでも最強です、の五巻をご購入いただいた皆様。どうもありがとうございます、作者の明石六郎です。

私がただの読者であった時代であれば、好きな本の五巻が出たことをいちいち驚かなかったでしょう。ですが作者としては、やはり感嘆すべきものがあります。

未だに一巻を出した時のことを、あるいは書籍化の話を頂いた時のことを、それどころか『小説家になろう』に投稿しようと思った時のことを、昨日のように思い出してしまいます。


その一方で……恥ずかしながら、あとがきに書くことがない、というベテラン作家のような状況になってしまいました。

正直プロっぽくて嬉しいのですが、まだまだ青二才の分際でベテラン気取りというのもどうかと思っています。

ですが五巻のあとがきです、少々調子に乗ってもいいでしょう。そういうことで、少々プロらしい、ベテランらしいあとがきに挑戦しようかと思いました。

私の好きな漫画家先生はあとがきで、漫画家であるが故の職業病などに言及しておいでした。これは一人だけではなく、誰もが休みのないことや睡眠のとれないこと、ずっと同じ姿勢のため肩こりになってしまうことを嘆いておいでです。

しかし私は専業作家ではなく兼業作家なので、ずっと同じ姿勢ということはなく結構動いています。

もちろんそれは良いことなのですが、正直に言って『プロっぽくねえなあ』などと勝手なことを考えていました。

せっかく作家になれたのですから、作家らしいことで悩みたい。そう思っていた五巻の校正作業中、あることに気付きました。

自分はノートパソコンで作業をしているのですが、やたらとクリックやドラッグがしにくかったのです。

長く使っているノートパソコンなので、本体の経年劣化なのかと思っていましたが、実際にはマウスが悪くなっていたのです。

今までは有線式のマウスだったのですが、これを機会に無線式のマウスに変えたところ、一気に作業が快適になりました。

つまり私が執筆作業を長年してきたことで、マウスが劣化して交換しなければならなくなったのです！

商売道具が劣化したので交換した、プロっぽい、ベテランっぽい！

そんな感動までした次第です。よく考えたら、そんなどうでもいいことで感動している時点で、いまだ新人のままなのだと気付いてしまいました。

やはり作家としては、小説という形でベテランであることを示すべきでしょう。

いいえ、長く執筆していること自体を誇るのではなく、読者の皆様へよりよい作品をお届けできるように初心を忘れず努力すること自体が大事に違いありません。

五巻を出せたことを誇るのではなく、この一冊を読んでくださった読者の喜ぶ顔を誇るべきに違いありません。


自分の母は沖縄県宮古島の出身でして、自分も生まれたのはそこです。育ちは神奈川県なので方言などまったく話せませんが、夏休みの折にはいつも母方の実家に滞在していました。

しかしそれも学生時代の話です。

私は専門学校に進学したので二十歳まで学生だったのですが、最後の年には感慨深くなっていました。

もう自分は沖縄に来ることができないのだと、社会人になるということはそういうことなのだと思っていました。

ですが兼業ながら作家になることができ、生活に様々なゆとりができたため、去年の秋ごろに母に付き添う形で宮古島に帰ることができました。

恥ずかしながら、というか馬鹿な話なのですが、自分はすっかり連絡を忘れていたため、母方の実家の人々は自分が宮古島に来ることを知りませんでした。

ですが私が母の実家に帰ってくると、誰もが喜んでくださいました。

祖父も祖母も自分が学生だった時と変わらず元気で、自分のことを迎えてくれたのです。

故郷に錦を飾ることもできなかった分際ですが、思い返しても涙がにじみます。


十年以上ぶりに帰ってきた故郷は、変わっているところもあり変わらないところもあり、とても心が揺さぶられました。

久しぶりに飛行機で往復したのでとても疲れたのですが、それでも行ってよかったと思えます。

多くの創作家が『作者の経験が作品を作る』とおっしゃいますように、私もこの経験を作品に生かせるよう努めていきます。どうか、今後もよろしくお願いします。


最後になりましたが……。お忙しい中、素敵なイラストを描いてくださいましたシソ様、この本だけではなくコミカライズも担当してくださっているＰＡＳＨ！の黒田様、そして近藤様。

今後も、よろしくお願いします。

明石六郎

この本を読んでのご意見・ご感想・ファンレターをお待ちしております。
〈宛先〉　〒104-8357　東京都中央区京橋3-5-7
（株）主婦と生活社　PASH！編集部
「明石六郎先生」係
※本書は「小説家になろう」（http://syosetu.com）に掲載されていたものを、改稿のうえ書籍化したものです。

地味な剣聖はそれでも最強です５
2020年6月8日　1刷発行

著者	明石六郎
編集人	春名 衛
発行人	倉次辰男
発行所	株式会社主婦と生活社 〒104-8357　東京都中央区京橋3-5-7 03-3563-5315（編集） 03-3563-5121（販売） 03-3563-5125（生産） ホームページ　https://www.shufu.co.jp
製版所	株式会社二葉企画
印刷所	太陽印刷工業株式会社
製本所	小泉製本株式会社
イラスト	シソ
デザイン	ナルティス：原口恵理
編集	黒田可菜

　ISBN978-4-391-15345-3